이솝 우화집

Fables of Aesop

세계문학전집 74

이솝 우화집

Fables of Aesop

이솝

유종호 옮김

민음사

차례

1
견디어내야지요

배가 고파 죽을 지경인 여우 한 마리가 참나무에 난 구렁 속에 밥과 고기가 있는 것을 보고 기어 들어가 먹어치웠습니다. 그것은 목동들이 남겨 놓은 것이었지요. 그런데 배가 불러져서 다시 나올 수가 없었습니다. 지나가다가 외침과 한탄 소리를 들은 다른 여우 하나가 다가가서 웬일이냐고 물었습니다. 사연을 듣고 나서 그 여우는 말했습니다.

"들어갈 때처럼 홀쭉해질 때까지 거기 그냥 있어요. 그러면 쉽게 빠져나올 수 있을 것이니."

시간이 어려운 문제를 해결해 준다고 이 얘기는 말해 주고 있다.

2
친구인지 원수인지

여우 한 마리가 울타리를 오르다가 미끄러졌지요. 엉겁결에 여우는 가시나무 덤불을 잡았습니다. 가시에 찔리어 손발에서 피가 났고 여우는 아파서 소리 질렀습니다.

"어이구. 나는 그대에게 도움을 청했는데 그대는 날 전보다 못한 지경으로 만들었구려."

"그래요."

하고 한 가시나무가 말했습니다.

"나를 붙잡으려 한 것이 잘못이었지요. 내 자신 누구나 붙잡으니까요."

도와주기보다도 해치는 성품을 가진 사람들에게 도움을 청하는 이들의 어리석음을 보여주는 사례이다.

3
신 포도

배고픈 여우 한 마리가 포도송이를 따려 했습니다. 나무를 기어 올라가는 포도 넝쿨에 달려 있는 것인데 너무 높이 달려 있어 뜻을 못 이루었어요. 여우는 그 자리를 뜨고 스스로를 위로했습니다.

"아직 익지도 않은걸, 뭐."

이처럼 어떤 사람들은 능력 부족으로 뜻을 이루지 못할 때 환경을 탓한다.

4
행동은 말보다 크게 말한다

여우 한 마리가 사냥꾼들에게 쫓기고 있었지요. 마침 눈에 띈 나무꾼에게 숨겨달라고 간청했습니다. 나무꾼은 여우에게 자기 오두막으로 들어가라 일렀습니다.

이내 사냥꾼들이 당도하여 여우가 그리로 지나가는 것을 보았느냐고 물었습니다. 나무꾼은 못 보았다고 대답했지만 말하면서 여우가 숨어 있는 쪽으로 엄지손가락을 움직여 보였습니다. 그러나 사냥꾼들은 그의 말을 곧이듣고 암시는 받아들이질 않았습니다.

사냥꾼들이 떠난 것을 보고 여우는 오두막을 나와 말없이 그 자리를 떴습니다. 나무꾼은 살려준 일에 고맙단 말도 없는 여우를 꾸짖었습니다. 여우가 대꾸했습니다.

"만약 당신의 행동과 사람됨이 당신의 말과 같았다면 고맙다는 인사를 했을 거예요."

이 우화는 점잖고 덕 있는 척하지만 못되게 구는 사람들을 겨냥하고 있다.

5
멍청이는 꾀가 없어 죽는다

원숭이 한 마리가 짐승들의 모임에서 춤을 추어 감명을 주었습니다. 그래서 짐승들은 원숭이를 왕으로 뽑아주었습니다. 여우가 샘이 났습니다. 고깃점이 들어 있는 덫을 보고 여우는 원숭이에게 가져가서 말했지요.

"아주 맛있는 것을 가지고 왔어요. 제가 먹는 대신 임금님에게 꼭 필요한 것이라 생각해 특별히 보관해 두었던 것입니다."

원숭이는 생각 없이 다가가 덫에 걸리고 말았습니다. 자기에게 덫을 놓았다고 여우를 책하자 여우는 대답하는 것이었습니다.

"원숭이 친구야, 너 같은 바보가 짐승들의 왕이라니!"

깊은 생각 없이 일을 꾀하는 사람은 화를 당할 뿐 아니라 조롱까지 당한다.

6
죽은 이는 말이 없다

함께 여행을 하는 사이 여우와 원숭이가 서로 뼈대 있는 집안임을 자랑하며 겨루었습니다. 길가의 어느 지점에 다다르자 원숭이가 그곳을 골똘히 바라보며 곡을 하는 것이었습니다. 여우는 웬일이냐 물었지요. 원숭이는 거기 있는 무덤을 가리키며 말했습니다.

"우리 조상들이 거느렸던 노예와 자유민*의 무덤을 보고 어찌 곡을 참을 수 있겠어요."

여우가 말했습니다.

"실컷 거짓말을 해봐요. 그들이 일어나서 그렇지 않다고 할 리는 없으니까."

* 해방된 노예를 가리킴.

야바위꾼들도 마찬가지다. 거짓임을 폭로할 사람이 없을 때 그들은 큰소리로 으쓱대게 마련이다.

7
내 체면을 위해 너희 꼬리를 잘라라

덫에 걸려 꼬리를 잃게 된 여우가 제 모양이 하도 남부끄러워 사는 보람이 없다고 느꼈습니다. 그래서 모든 여우들에게 자기처럼 꼬리 없애기를 권하기로 결심을 했습니다. 그러면 제 꼬리 없는 것이 표가 나지 않으리라 생각했던 것이지요. 그는 모든 여우들을 불러 모으고 꼬리를 떼내라고 충고했습니다. 꼬리는 소용없는 가외 것에다가 보기 흉하고 달고 다니기가 무겁지 않느냐고 했지요. 그러자 여우 하나가 대꾸하는 것이었습니다.

"이봐, 넌 네 목적을 위해서 이런 충고를 하는 것뿐이야."

이 얘기는 선의에서가 아니라 자기 잇속을 위해서 충고하는 사람들을 비아냥대고 있다.

8
뛰기 전에 살펴라

여우가 큰 물탱크에 풍덩 빠져서 나오지를 못하였습니다. 목이 마른 염소가 다가와서 여우를 보고는 물이 먹을 만하냐고 물었지요. 여우는 기회를 놓치지 않았습니다. 있는 말재주를 다 부려 물을 칭송하고 염소더러 내려오라 하였지요. 염소는 너무나 목이 말라 생각도 않고 내려가서 마음껏 마셨습니다. 이어 둘이서는 어떻게 다시 나갈까 궁리를 시작했습니다.

여우가 말하는 것이었습니다.

"좋은 생각이 났어. 우리 둘에게 도움이 될 일을 네가 기꺼이 한다면 말이야. 앞발을 벽에다 대고 두 뿔을 똑바로 치켜세우고 있어봐. 그러면 내가 대뜸 올라가서 너를 끌어올릴 테야."

염소는 기꺼이 그리 하였지요. 여우는 날렵하게 염소의 엉덩이, 어깨, 뿔을 타고 물탱크 변죽에 당도하고 나서 도망치기 시작하는 것이었습니다. 염소는 여우가 약속을 어겼다고 투덜댔지요. 그러나 여우는 되돌아와 말하는 것이었습니다.

"염소 친구야, 자네는 턱수염은 많지만 머릿속의 골은 비어 있네. 그렇지 않고서야 올라올 생각도 않고 무턱대고 내려가지는 않았을 걸세."

지각 있는 사람은 앞일을 내다보지 않은 채 무슨 일을 꾀하지 않는 법이다.

9
여우와 탈

　여우가 배우네 집에 들어가 세간살이를 온통 뒤졌습니다. 그 가운데서 그는 도깨비 모양의 탈을 보았지요. 그것은 재주 있는 예술가의 작품이었습니다. 여우는 그것을 자기 앞발에 씌우고는 말했습니다.
　"머리통은 십상인데 골이 없단 말이야!"

이 우화는 외양은 그럴듯한데 머리가 부족한 어떤 사람들을 상기시켜 준다.

10
멍청이들을 위한 교훈

훔쳐낸 고기 조각을 주둥이에 물고 까마귀가 나무에 앉았습니다. 이를 본 여우가 고기를 챙겨야겠다고 작정했습니다. 나무 밑에 가서 아름다운 큰 새라고 까마귀에게 말하기 시작했습니다. 응당 새 중의 왕이 되어야 한다고 말했지요. 또 고운 목소리만 있었다면 틀림없이 왕이 되었을 터이라고 했습니다. 까마귀는 고운 목소리가 있다는 것을 증명하고 싶어서 그만 고기를 떨어뜨리고 까악까악거렸습니다. 여우는 달려가 고기를 챙기고는 말하는 것이었습니다.

"그 좋은 자격에다가 머리마저 좋다면 이상적인 왕이 되는 것인데."

11
일방통행

노쇠하여 먹이를 위해 사냥이나 싸움을 할 기력이 없어진 사자가 꾀로 먹이를 구하기로 작정했습니다. 사자는 병든 체하고 동굴 속에 누워 있다가 짐승이 가까이 오면 잡아먹곤 했습니다.

이렇게 많은 짐승이 죽어나가자 꾀수를 알아차린 여우가 동굴에서 멀찌감치 선 채 안부를 물었습니다.

"좋지가 않아."

하고 사자는 대꾸했습니다. 그리고 왜 들어오지 않느냐고 여우에게 물었습니다.

"들어가고 싶어요. 그러나 들어간 발자국은 있는데 나온 발자국은 전혀 안 보이는걸요."

현명한 사람은 제때에 위험 신호를 알아차려 화를 면한다.

12
뿌리지 않고 거두기

사자와 곰이 새끼 사슴을 놓고 싸웠는데 어찌나 지독하게 서로 물고 뜯었던지 모두 의식을 잃고 반송장이 되어 눕게 되었습니다. 지나가던 여우가 새끼 사슴을 가운데 두고 맥 빠져 있는 그들을 보고선 새끼 사슴을 물고 거길 빠져나갔습니다. 일어날 기력이 없는 그들은 말했습니다.

"이게 무슨 팔자람. 여우 좋은 일 시키려고 이 고생을 했으니."

사람들은 고생한 보람이 우연한 횡재꾼의 몫이 되는 것을 보면 속상하게 마련이다.

13
경험한테 배우다

사자, 나귀, 여우가 한패가 되어 사냥을 나섰습니다. 사냥감을 잔뜩 잡고 나서 사자는 나귀에게 그것을 갈라놓으라고 일렀습니다. 나귀는 사냥감을 똑같이 세 몫으로 나눠놓고 사자보고 하나를 고르라고 말했습니다. 그러자 화가 난 사자는 나귀에게 덤벼들어 잡아먹고 말았습니다. 그러더니 여우에게 가르라고 일렀습니다. 여우는 사냥감 거의 모두를 한데 모아 쌓아놓고 변변치 않은 서너 점을 제 몫으로 남긴 채 사자보고 고르라고 일렀습니다. 이렇게 나눠 갖는 법을 누가 가르쳐주었느냐고 사자가 물었습니다.

"나귀에게 일어난 일이지요."

하고 여우는 대답했습니다.

남의 불행을 보고 사람들은 지혜를 배우는 법이다.

14
한술 더 뜨는 여우

나귀와 여우가 짝을 지어 사냥을 갔습니다. 도중에 사자가 나타나자 여우는 위험이 다가왔음을 알아차렸지요. 여우는 사자에게로 가서 안전을 보장해 준다면 그 대가로 나귀를 넘겨주겠다고 말했습니다. 자기를 놓아주겠다는 사자의 약속을 얻어내자 여우는 나귀를 함정에 빠뜨렸습니다. 그러나 사자는 나귀가 도망칠 수 없다는 것을 보자 먼저 여우를 잡고 이어서 여유 있게 나귀를 챙기는 것이었습니다.

친구를 음해하는 사람들은 모르는 사이에 자기 자신마저 망치게 된다는 것을 알고 놀라게 된다.

15

피 빠는 것들

한 민중 지도자가 목숨이 걸린 재판을 받고 있을 때 이솝은 사모스*의 공공 집회에서 연설을 했습니다.

"여우 한 마리가 강물을 건너던 중 깊은 골로 떠내려갔지요. 벗어나려고 갖은 애를 다 썼지만 소용이 없었어요. 고생이 한두 가지가 아니고 이만저만이 아니었지요. 그 밖에도 몸에 달라붙은 진드기 떼에 시달렸습니다. 마침 그쪽을 지나가던 고슴도치가 딱하게 여겨 진드기를 떼내 주려고 물었지요. '제발 그러지 말아요.' 하고 여우는 대답하는 것이었습니다. '왜요?' 하고 고슴도치가 물었지요. '이 진드기 떼는 이제 내 피를 빨지 않지요. 그러나 이들을 떼 버리면 다른 진드기 떼들이 달려들어 내게 남은 피를 다 빨아먹을 테니까요.' 사모스 시민 여러분. 여러분의 경우도 마찬가지입니다. 이 사람은 별 해코지를 안 할 것입니다. 부자니까요. 여러분이 그를 죽인다면 굶주린 다른 사람들이 달려들어 도둑질로 여러분의 금고를 바닥내고 말 것입니다."

* 피타고라스가 태어난 곳이기도 함.

16
사람과 사자

옛날에 사람과 사자가 함께 길을 가고 있었습니다. 둘 다 자랑을 많이 하는 것이었어요. 사람이 사자의 목을 조르는 모양이 새겨진 석상이 길가에 서 있었습니다. 사람이 깍쟁이처럼 그것을 손가락질하여 동행에게 말하는 것이었습니다.

"저 봐요. 사람이 사자보다 세지요."

사자의 얼굴에 미소가 떠올랐습니다.

"만약 사자가 돌 새기는 법을 안다면, 사자가 사람을 타고 앉은 것을 볼 것이오."

자기의 용맹과 담대함을 뻐기는 사람들은 경험의 엄격한 시험에 의해서 들통이 나게 마련이다.

17
양보다 질

 암여우가 암사자를 비웃었습니다. 새끼를 한 마리밖에
낳지 못한다고 말이지요. 암사자가 대꾸했습니다.
 "한 마리지만, 사자란 말일세."

18
무장 해제

사자가 농부의 딸에게 반해서 청혼을 했습니다. 농부는 딸을 맹수에게 시집보낸다는 것은 생각조차 못했지요. 그러나 감히 거절을 못했습니다. 딸의 남편감으로는 십상이지만 이빨을 뽑고 발톱을 깎지 않으면 딸을 줄 수가 없다고 성가시게 구는 청혼자에게 말해서 어려움을 피했습니다. 딸아이가 이빨과 발톱을 무서워하기 때문이라는 것이었지요. 사자는 너무나 반해 있었기 때문에 선뜻 이러한 희생을 감수했습니다. 그러나 사자가 다시 나타나자, 농부는 업신여기며 몽둥이로 사자를 내쫓았습니다.

남의 충고를 선뜻 받아들이지를 마라. 타인에 대해서 가지고 있는 천부의 각별한 강점이 있다면 그것을 버리지 않도록 하라. 그렇지 않으면 전에 그대를 두려워한 사람들에게 쉽사리 희생이 되고 말 것이다.

19
어부지리

무덥고 갈증 나게 하는 여름날 사자와 멧돼지가 물을 마
시러 조그만 샘 가로 왔습니다. 그들은 누가 먼저 마실 것
인가로 싸우기 시작하였고 죽어라 하고 격투하게 되었지
요. 숨을 돌리려고 잠시 쉬는 동안 그들은 주위를 둘러보
고 누가 되건 죽는 쪽을 먹어치우려고 독수리들이 기다리
고 있는 것을 보았습니다. 이 광경을 보고 그들은 싸움을
그쳤습니다. '독수리와 까마귀 밥이 되느니보다 친구 되는
것이 낫다.'고 그들은 말했습니다.

싸움이나 다툼은 좋지 않은 일로, 지각 있게 화해를 않으면 당사
자 모두 위험하게 된다.

20
손안에 든 토끼

잠자고 있는 토끼를 막 잡아먹으려던 사자가 때마침 지나가는 사슴을 보았습니다. 그래서 사슴을 쫓기 위해 토끼 곁을 떠났고 소음에 잠이 깬 토끼는 도망을 쳤습니다. 오랫동안 쫓고 나서 사자는 사슴을 잡을 수 없다는 것을 알았습니다. 그래서 토끼를 잡으러 되돌아가니 토끼 또한 도망친 뒤였지요.

"더 좋은 것을 챙기려고 손안에 든 먹을 것을 버렸으니 자업자득이지."

하고 사자는 말했습니다.

사람들은 때로 이 사자와 같다. 원만한 수익에 만족하는 대신 보다 마음 끌리는 전망에 혹한다. 그러고는 분명히 손에 넣을 수 있었던 것을 놓친 것을 알고 놀라는 것이다.

21
사자의 몫

사자와 나귀가 함께 사냥을 했습니다. 사자는 기운을, 또 나귀는 발 빠름을 이용했던 것이지요. 짐승을 잔뜩 잡아놓고 사자는 그것을 셋으로 나누었습니다. 사자가 말하는 것이었습니다.

"첫 번째 것은 내가 갖겠다. 왕이라는 제일 높은 자리에 있으니까. 두 번째 것은 너와 대등한 짝의 자격으로 갖겠다. 세 번째 것으로 말하면, 네가 도망가지 않으면 네게 화를 초래할 것이다."

어떤 일을 하건 사람은 자기 힘에 따라서 자기 능력을 평가해야 한다. 그래서 너무 강한 사람과 짝패가 되거나 연계를 가져서는 안 된다.

22
겁에 질린 동료

사자가 늘 프로메테우스를 탓하는 것이었습니다. 프로메테우스가 그를 덩치 크고 외모가 반듯하게 만들어준 것은 사실이었습니다. 턱을 이빨로, 발을 발톱으로 무장시켰고 어떠한 짐승보다 센 힘을 주었다는 것도 사실이었습니다. 그러나 이러한 강점에도 불구하고 수탉이 무섭다고 투덜댄 것이지요. 프로메테우스가 대답했습니다.

"넌 내 탓을 할 이유가 없다. 너는 내가 줄 수 있는 모든 것, 너를 위해 내가 마련할 수 있는 모든 재주를 가지고 있으니 말이다."

이 말을 듣고 사자는 슬퍼져 자기의 비겁함을 탓하다가 마침내는 죽고 싶다는 생각을 하기에 이르렀습니다. 사자가 이런 기분에 싸여 있을 때 코끼리를 만났고 인사를 한 뒤 걸음을 멈추고 얘기를 하였습니다. 사자는 코끼리가 계속 귀를 움직이는 것을 보았습니다. 사자가 물었지요.

"웬일인가? 잠시도 귀를 가만히 두지 못하는가?"

바로 그때 모기 한 마리가 코끼리 머리를 돌며 날고 있었습니다. 코끼리가 말하는 것이었어요.

"저 앵앵 소리 내는 조그만 게 보이나? 만약 저놈이 내 귓속으로 들어가면 난 끝장일세."

사자가 말했습니다.

"이제 내가 죽어야 할 이유가 없다. 나는 몸집도 크고 힘세고 게다가 코끼리보다도 다행한 폭이다. 수탉은 어쨌거나 모기보다는 더 두려워해야 할 만한 것이니 말이야."

23

몰락한 강자

사람이 그전에 누렸던 위신을 잃고 나면 엎친 데 덮친 격으로 겁쟁이들의 노리개가 되기조차 한다.

노쇠하여 기진한 사자가 누워서 마지막 숨을 쉬는 참이었습니다. 먼저 멧돼지가 오더니 번뜩이는 엄니로 쥐어박아 옛 상처에 대한 앙갚음을 하는 것이었습니다. 다음에는 황소가 뿔을 낮추더니 원수의 몸뚱이를 찌르는 것이었습니다. 이렇게 공격해도 무사한 것을 보고 나귀가 사자의 이마에 뒷발질을 시작했습니다. 사자는 막 숨을 거두는 참이었지요. 사자는 말했습니다.

"이들 용감한 짐승들이 내 앞에서 뻐기는 것을 참는 것만으로도 힘들었다. 그러나 창피스러운 창조의 오점인 너 나귀에게 죽음에 임해서 꼼짝 못하는 것은 두 번 죽는 것과 진배없구나."

24
차별 대우

쓰러뜨린 소를 사자가 굽어보고 있는데 도둑이 나타나서 한몫을 달라는 것이었습니다.

"네놈이 상습적인 약탈자가 아니라면 주겠지만, 못 주겠다."

하고 사자는 말했습니다. 그러면서 그 악당을 내몰았지요. 그때 우연히 수더분한 나그네가 왔습니다. 맹수를 보고 나그네는 뒷걸음질쳤습니다. 그러나 사자는 아주 친절히 굴었지요.

"그대는 욕심이 없으니 한몫을 주겠소. 두려워 말고 가져가시오."

하고 사자는 말하는 것이었습니다. 그러고는 소를 갈라 놓더니 숲 속으로 들어가는 것이었습니다. 나그네에게 챙길 기회를 주기 위해서였지요.

칭찬할 만한 좋은 사례이다. 그러나 탐욕은 부자가 되지만 온유함은 가난하게 마련인 것이 현실이다.

25
약자의 흥정

　토끼들이 공개 집회에서 연설하여 모두가 공정한 몫을 가져야 한다고 주장하자 거기 모인 사자들이 대꾸하는 것이었습니다.
　"참 멋진 연설이야. 털 많은 발이여. 그러나 우리가 가지고 있는 발톱과 이빨이 없지 않은가."

26
곱빼기로 당한 음해자

늙은 사자가 병이 나서 동굴 속에 누워 있었습니다. 여우를 제외한 모든 짐승들이 그들의 왕을 문병 갔습니다. 이리가 이 기회를 이용하여 사자가 듣는 데서 여우 욕을 했지요. 여우는 상감에 대한 존경심이 없고 그가 찾아오지 않는 것도 그 때문이라고 말입니다. 마침 그때 여우가 당도해서 이리의 마지막 말을 듣게 되었습니다. 사자는 여우를 향해 위협적으로 으르렁거렸습니다. 그러나 여우는 자기 변호를 허용해 달라고 간청했지요.

"여기 모인 짐승 가운데서 누가 저처럼 상감께 큰 봉사를 했단 말씀입니까? 저는 상감님 우환의 치료법을 의사에게서 구하려고 안 가본 곳이 없습니다. 그래서 치료법을 찾아냈습니다."

그 치료법이 무엇인지 당장 그 자리에서 대라고 사자는 채근했습니다.

"산 채로 이리의 가죽을 벗겨서 그 가죽이 아직도 따뜻할 때 그것을 두르십시오."

하고 여우는 대답했습니다. 순식간에 이리는 죽어 눕게 되었지요. 여우가 웃으며 말했습니다.

"상감님을 속상하게 해서는 안 되지요. 심기를 편하게

해드려야지요."

다른 사람을 음해하는 사람은 자신의 파멸을 도모하게 된다.

27
배반의 대가

한번은 이리들이 개들에게 말했습니다.

"너희는 우리와 똑같은데 우리와 형제처럼 지내기로 하자. 사고방식이 다를 뿐 우리 사이에는 아무런 다른 점이 없다. 우리는 자유롭게 살고 있다. 너희는 노예처럼 사람에게 굽실굽실하며 두들겨 맞고 고삐가 둘리고 양 떼를 지켜준다. 그리고 사람들은 식사를 하면서 너희에게 뼈다귀를 던져줄 뿐이다. 우리의 충고를 따르렴. 양 떼를 모두 우리에게 넘겨다오. 그리하여 우리 나누어 가지고 실컷 배를 불려보자."

개들은 이 제안을 따랐지요. 그러나 이리 떼는 울 안으로 들어서자마자 개들부터 해치우기 시작하였습니다.

조국을 배반한 사람들이 받는 보수도 이와 같다.

28

언제나 잘못

    강물을 마시고 있는 어린 양을 본 이리는 양을 잡아먹을 거짓 구실을 찾으려고 했습니다. 이리는 상류 쪽에 서서 어린 양이 강물을 흐려놓아 자기가 마실 수 없다고 탓하는 것이었습니다. 어린 양은 혀끝으로 마신다고 말하고 어쨌거나 자기가 하류 쪽에 있기 때문에 위쪽의 물을 흐려놓을 수가 없다고 했습니다. 이 구실이 안 통하자 이리는 말하는 것이었습니다.

    "작년에 너는 우리 아버지를 모욕했다."

    "그땐 나는 태어나지도 않았어요."

    "너는 말대꾸를 잘하는구나. 그러나저러나 난 너를 잡아먹겠다."

한 사람이 누구에겐가 칼을 들이대려고 작정한다면 아무리 정당한 호소에도 귀를 기울이지 않는다.

29
악인을 도와주다

가시를 삼킨 이리가 그것을 빼내 줄 이를 찾고 있었습니다. 해오라기를 만나 가시를 빼내 주면 보답하겠다고 했지요. 해오라기는 이리 목구멍에 머리를 들이대고 가시를 빼내 주고 나서 약속한 보수를 달라고 요구했습니다.

"이리의 입에서 너의 머리를 탈 없이 안전하게 빼낸 것에 만족하지 않고 보수를 요구한단 말이냐?"

하고 이리는 말하는 것이었어요.

고약한 사람에게 좋은 일을 했을 때 우리가 바랄 수 있는 유일한 보상은 그가 배은망덕에다가 해코지를 첨가하지 않는다는 것이다.

30
피장파장

이리가 양 떼 사이에서 훔쳐낸 양을 데리고 제 굴로 가다가 사자를 만나 양을 빼앗겼습니다. 이리는 멀찌감치 안전한 거리에서 외쳤습니다.

"내 재산을 채갈 권리가 없단 말이오."

사자가 대답하였지요.

"너는 물론 정당하게 그것을 얻었겠지. 틀림없이 친구의 선물이었겠지."

이 얘기는 사정이 어려울 때 서로 다투는 탐욕스러운 도둑들에 대한 풍자이다.

31
독재자

　이리 떼의 지도자가 된 이리가 법령을 선포했습니다. 사냥하다가 잡은 모든 것을 공동 관리 하고 똑같이 나누어 갖도록 한다는 법령이었습니다. 그래서 기근 때 서로 잡아먹는 일을 방지한다는 것이었어요. 그러나 나귀가 나서서 갈기를 흔들며 말하는 것이었습니다.

　"이리의 마음속에서 고상한 생각이 튀어나왔군요. 그러나 이리여, 어제 잡은 사냥감을 굴 속에 숨겨둔 것은 어찌된 거요? 그것을 공동 관리하고 나누어 가지시오."

　이 폭로로 이리는 창피를 당해서 법령을 철회하게 되었습니다.

공정하게 법을 제정하는 척하는 바로 그 사람들이 스스로 제정하고 집행하는 법을 지키지 않는다.

32
당치 않은 신뢰

이리가 양 떼를 따라왔지만 아무런 해코지도 하지 않았습니다. 처음 목동은 이리를 적이라 두려워하고 경계의 눈을 떼지 않았습니다. 그러나 도둑질할 눈치는 전혀 보이지 않고 계속 따라왔기 때문에 목동은 이리가 검은 배포를 가진 적이라기보다는 보호자라고 생각하게 되었습니다. 그래서 시내 나갈 계제가 되자 양 떼를 이리에게 맡겨두었던 것이지요. 이리는 기회가 오자 양 떼에게 달려들어 거의 모두를 산산조각을 내놓았습니다. 목동이 돌아와 양 떼가 도륙된 것을 보고 말했습니다.

"양 떼를 이리에게 맡겼으니 이 꼴을 당한 것도 싸지."

사람도 마찬가지다. 돈독 오른 사람에게 귀중품을 맡기는 사람은 잃어버릴 각오를 해야 한다.

33
타고난 약탈자

이리 새끼 여러 마리를 발견한 목동이 정성스레 갖다 길렀습니다. 다 자라면 자기 양 떼를 지켜주고 또 다른 양을 잡아올 터이라고 바랐던 것이지요. 그러나 다 커서 안전한 기회가 생기자 이리들은 주인의 양 떼를 괴롭히기 시작하는 것이었습니다. 그들의 소행을 보고 목동은 신음하며 말했습니다.

"내가 당해도 싸지. 다 자랐더라도 저들을 죽였어야 하는 판인데 새끼 때 왜 살려주었단 말인가?"

악당의 목숨을 구해 주면 그대는──그것을 깨닫지 못할지라도── 그대가 얻도록 해준 힘의 첫 번째 희생자가 된다.

34
암퇘지 귀로 비단 지갑을 만들려 하다니

목동이 갓난 이리 새끼를 주워다가 자기 집 개와 함께 다 클 때까지 길렀습니다. 다른 이리가 양을 훔쳐갈 때마다 이리는 개들과 함께 추적에 나서는 것이었습니다. 그리고 개들이 약탈자를 잡지 못하고 되돌아와야 할 때도 이이리는 끝까지 쫓아가서 정말 이리답게 약탈품을 나누어 먹는 것이었습니다. 어떤 때는 약탈이 없을 때에도 은밀하게 양을 죽여 개들과 함께 먹는 것이었습니다. 마침내 목동은 사단을 눈치 채고 이리를 나무에 매달아 죽였습니다.

고약한 성품이 착하게 바뀌는 법은 없다.

35
망상

해 질 무렵 한적한 곳을 거닐던 이리가 자기 몸의 긴 그림자를 보게 되었습니다.

"나처럼 덩치 큰 주제에 사자를 두려워하다니!"

하고 이리는 말했습니다.

"웬걸, 난 길이가 삼십 미터나 돼! 나는 스스로 왕이 되어 모든 동물을 지배해야지. 하나도 남기지 않고 모조리."

이렇게 뽐냈지만 기운 센 사자가 그를 잡아 앉아서 뜯어먹기 시작했습니다. 이리는 잘못을 뉘우쳤지만 때가 너무 늦었습니다.

"자만심이 내 파멸을 초래했어."

하고 이리는 슬피 우는 것이었습니다.

36

잘못 알고

위장을 하면 많이 먹을 수 있을 것이라고 이리가 생각했습니다. 목동을 속이기 위해 양 가죽을 뒤집어쓰고 풀밭의 양 떼 속에 끼어들었는데 들키지도 않았지요. 밤이 되자 목동은 우리 속에 양들과 함께 이리를 가두었습니다. 그리고 출입구를 막아 온통 문단속을 단단히 하는 것이었습니다. 그리고 시장기가 들어 저녁을 먹기 위해 칼로 짐승을 잡았습니다. 죽은 짐승은 이리였습니다.

자기 아닌 사람 행세를 하면 심각한 경우를 당할 수 있다. 이러한 연극 때문에 많은 사람들이 목숨을 잃었다.

37
다시 생각하니

옛날에 토끼들이 회의를 열고 삶의 불안과 공포를 슬퍼했습니다. 사람과 개와 독수리와 그 밖의 많은 동물의 밥이 되는 것 말입니다. 이렇게 줄곧 공포와 떨림 속에서 사느니보다는 죽는 게 낫다고 그들은 말하는 것이었지요. 이렇게 작정을 하자 모두들 뛰어 들어가 빠져 죽을 생각으로 웅덩이로 달려갔습니다. 웅덩이 주위에 몸을 감추고 있던 개구리들이 달리는 발소리를 듣자마자 물속으로 황급히 뛰어들었습니다. 그러자 나머지 동패보다 꾀가 많은 토끼 한 마리가 말하는 것이었습니다.

"잠깐, 모두들 성급한 짓들을 말게. 우리보다 더 공포에 시달리는 동물이 있으니 말일세."

자기들보다 더욱 어려운 처지에 있는 이들을 보면 위안을 받게 된다.

38
여차하면

멧돼지가 나무에 기대고 서서 엄니를 갈고 있었습니다. 사냥꾼이 쫓고 있는 것도 아니고 아무런 위험도 없는데 왜 엄니를 갈고 있느냐고 여우가 물었습니다. 멧돼지는 대답하는 것이었습니다.

"그럴 만한 이유가 있다네. 만약 위험이 닥친다면 그땐 엄니를 날카롭게 할 시간이 없지 않은가. 그러니 엄니는 늘 써먹을 태세를 갖추고 있어야지."

위험이 닥칠 때까지 기다리다 준비하는 일이 없도록 하라.

39
약속의 이행

새앙쥐가 잠자는 사자의 몸뚱이 위로 달려갔습니다. 잠을 깨면서 사자는 새앙쥐를 잡았고 그것을 먹어치울 심산이었습니다. 살려만 준다면 보답하겠노라고 약속하면서 새앙쥐가 놓아주길 간청하자 사자는 웃으면서 놓아주었습니다.

얼마 되지 않아 새앙쥐의 감사가 사자의 목숨을 구해 주게 되었습니다. 사냥꾼에게 잡혀 사자는 밧줄로 나무에 매인 몸이 되었던 것이지요. 새앙쥐는 사자의 신음을 듣고 그리로 달려가서 밧줄을 갉아서 사자를 풀어주었습니다. 새앙쥐는 말했습니다.

"요전 날 날 비웃었지요? 내가 당신의 친절에 보답하리란 것을 기대하지 않았으니까요. 이제 새앙쥐조차도 고마움을 안다는 것을 보았지요?"

운명의 변천은 때로 기운 센 사람도 약자의 도움을 필요로 하게 해준다.

40
오만은 몰락한다

족제비와 싸웠던 새앙쥐들이 늘 지기만 하는 것이었습니다. 그들은 모임을 갖고 동료 중 몇몇을 골라 장군으로 선출하였습니다. 자기들의 패배가 통솔력의 결여 때문이라는 결론을 내렸기 때문이지요. 장군들은 여타 동패들과 다르다는 것을 나타내기 위해 뿔을 만들어 머리에 꽂았습니다.

이들이 전투를 했을 때 군대 전체가 패배하여 도망을 쳤습니다. 모두 쥐구멍으로 안전하게 들어갔으나 장군들은 그러질 못했습니다. 뿔 때문에 들어가지 못하고 장군들은 잡혀 먹히고 말았던 것이지요.

강한 허영심은 불행의 원인이 되는 수가 많다.

41
읍내 쥐와 시골 쥐

들쥐가 읍내 인가에 살고 있는 친구에게 시골 자기 집에서 식사를 하자고 초대하였습니다. 읍내 쥐는 즉각 받아들였지요. 그러나 먹을 것이라곤 보리와 밀뿐이란 것을 알고 주인에게 말했습니다.

"친구여, 자네는 개미처럼 살고 있네. 그러나 내게는 맛있는 음식이 많이 있네. 우리 집에 간다면 나누어 먹게 해줌세."

그래서 두 친구는 즉각 출발했습니다. 그리고 친구가 완두와 콩, 빵, 대추야자, 치즈, 벌꿀과 과일을 보여주자 놀란 들쥐는 충심으로 친구에게 축복의 말을 하고 자기 자신의 운명을 저주하였습니다. 그들이 식사를 시작하려는데, 문이 갑자기 열려 소심한 쥐들은 너무나 놀라 틈서리로 급히 숨었습니다. 그들이 돌아와서 마른 무화과 열매를 막 먹으려는데 무언가를 가지러 다른 이가 방으로 들어서는 것을 보았습니다. 그래서 그들은 쥐구멍 속으로 숨기 위해 다시 한번 뛰었습니다. 이에 들쥐는 배가 고프더라도 개의치 않겠다고 작정을 했습니다. 들쥐는 신음 소리를 내며 말했습니다.

"잘 있게. 자네는 실컷 먹고 재미를 볼지 모르네. 그러

54

나 자네의 성찬은 위험과 공포의 부담을 주고 있네. 나는
그보다도 차라리 두려움 없이, 또 누군가를 흘낏 곁눈질로
지켜보는 법 없이 나의 빈약한 밀보리 식사를 하겠네."

평온하고 간소한 생활은 호화롭게 살면서 두려움에 시달리는 것
보다 낫다.

42
분수에 맞는 통치자를 갖게 마련

개구리들이 자기들의 통치자가 없는 것에 지쳐버렸습니다. 그래서 대표단을 제우스에게 보내어 왕을 부탁했지요. 제우스는 개구리들이 참 단순하다는 것을 알았지요. 그래서 우선 나무토막을 연못에 떨어뜨렸습니다. 순간 첨벙 소리에 놀라 개구리들은 바닥으로 잠수를 해버렸지요. 그러다 나무토막이 가만히 있기 때문에 수면으로 올라왔습니다. 그리고 마지막엔 나무토막을 아주 업신여겨 뛰어올라 그 위에 쭈그리고 앉았습니다.

개구리들은 이런 물건에 의해 통치를 받는 것이 체면 손상이라고 생각하고 다시 제우스에게 접근하여 왕을 바꾸어 달라고 부탁했습니다. 지금의 왕은 너무 태평스럽다는 것이었지요. 정나미가 떨어진 제우스는 물뱀을 보냈습니다. 물뱀은 닥치는 대로 개구리를 잡아먹었습니다.

이 우화는 해악을 끼치는 폭군보다 게으르고 무해무덕한 통치자 아래서 더 잘 지낼 수 있다는 것을 우리에게 가르쳐준다.

43
하나로 넉넉해

모든 동물들이 어느 여름날 태양의 결혼을 축하하여 잔치 기분으로 흥청거렸습니다. 그러는 가운데 개구리들도 즐거워하고 있었지요. 그러나 한 개구리가 말하는 것이었습니다.

"이 바보들아, 왜 이렇게들 신이 난 거야? 하나의 태양으로도 넉넉히 모든 물웅덩이를 말릴 수가 있어. 만약 아내를 얻어 자기 같은 어린애를 낳는다면 우리는 크게 애를 먹을 거야."

생각 없는 많은 사람들이 언짢은 일에 즐거워한다.

44
목소리뿐

개구리의 개굴대는 소리에 사자의 정신이 나갔습니다. 사자는 들리는 소리로 보아 개구리가 큰 동물일 것이라 생각했습니다. 잠시 동안 기다린 후 사자는 연못에서 올라온 개구리를 보았습니다. 달려가 발로 개구리를 뭉갠 후에 사자는 소리치는 것이었어요.

"너 같은 꼬마가 이렇게 큰 소리를 내다니!"

이 우화는 입을 다물지 못하고 그저 떠들기만 하는 사람들을 풍자한다.

45
벌을 죄에 맞추기

들쥐가 재수 없게 개구리와 친구가 되었습니다. 개구리는 들쥐에게 고약한 짓을 하게 되지요. 개구리는 들쥐의 발을 자기 발에 묶었습니다.

그들은 풍성한 식사를 하려고 마른 땅에서 길을 떠났습니다. 그러나 못가에 이르자 개구리는 잠수를 했습니다. 개구리는 물속에서 재미를 보며 귀에 익은 개굴개굴 소리를 내었지요. 그러나 개구리와 함께 끌려 들어간 재수 없는 들쥐는 물을 잔뜩 먹고 익사를 했습니다. 그러나 그의 시체는 개구리 발에 여전히 꽉 매인 채 물 위에 뜨는 것이었습니다. 그것을 본 솔개가 발톱으로 낚아채었습니다. 발을 떼지 못한 개구리도 덩달아 채여 올려졌지요. 솔개는 개구리도 먹어치웠습니다.

죽어서라도 적에게 복수할 수가 있다. 신의 정의의 눈을 피할 수 있는 것은 없기 때문이다. 신의 정의는 죄를 저울에 달아보고 합당한 벌을 내리는 법이다.

46
너무 불리다가

약자가 강자를 흉내 내려고 하면 파멸을 자초한다.

옛날에 한 개구리가 풀밭에 있는 황소를 보았습니다. 그리고 그 큰 덩치를 부러워했지요. 그래서 개구리는 모든 주름살이 사라질 때까지 몸을 불렸습니다. 그리고 자식들에게 자기가 황소보다 더 크냐고 물었습니다.

"아니오."

하고 그들은 대답했습니다. 더 힘을 들여 개구리는 자기 살갗을 팽팽하게 뻗쳤습니다. 그리고 누가 더 크냐고 물었어요. '황소'가 자식들의 대답이었습니다. 마침내 개구리는 화가 났습니다. 더욱 몸을 불리기 위해 있는 힘을 다하다가 결국 몸이 터져 죽었습니다.

47
뒤늦게 배운 교훈

창가의 새장에 갇힌 새가 늘 밤에 우는 것이었습니다. 새소리를 들은 박쥐가 다가와서 왜 낮에는 울지 않고 밤에만 우느냐고 물었습니다. 그럴 만한 이유가 있다고 새는 말했습니다. 낮에 한번 울다가 잡혔고 거기서 교훈을 얻었다는 것이었지요. 박쥐가 말하는 것이었습니다.

"지금 조심해야 소용이 없어. 잡히기 전에 조심을 했어야지."

일을 그르친 후에 서러워하는 것은 부질없다는 교훈이다.

48
두 겹의 장애

두더쥐가 제 어머니에게 눈으로 볼 수가 있다고 말했습니다. 두더쥐가 못하는 일이지요. 자식을 시험하기 위해 어미 두더쥐는 향함*을 건네주고 그게 무엇이냐고 물었습니다. 두더쥐는 알 수가 없었지요.

"애야, 너는 보지만 못하는 것이 아니라 냄새까지 못 맡는구나."

하고 어미 두더쥐는 말했습니다.

* 향을 넣어두는 그릇.

불가능한 일을 한다고 사람들이 공언할 때, 간단한 시험이 야바위꾼들을 폭로하게 마련이다.

49
모방 본능

높은 나무에 앉은 원숭이가 어부들이 강물에 그물을 던지는 것을 지켜보았습니다. 그들이 그물을 두고 식사를 하러 얼마쯤 걸어 나아갔을 때 원숭이는 나무에서 내려와 어부들의 거동을 흉내 내려 했습니다. 원숭이가 늘 그런다는 대로. 그러나 그물을 건드리자마자 그물에 걸려 물에 빠져 죽을 지경이 되었습니다.

'난 제대로 벌 받는 거야.' 하고 원숭이는 생각했습니다. '방법도 제대로 배우지 않은 터에 고기를 잡으려 했으니.'

직접 관계되지 않는 일에 관여하면 이득을 얻기는커녕 후회를 하게 마련이다.

50
서투른 거짓말쟁이

뱃길 나그네들은 항해 중에 심심풀이로 개나 원숭이를 데리고 다니는 경우가 흔합니다.

한 뱃길 나그네가 원숭이를 데리고 있었지요. 아티카* 해안에 있는 수니움 곶 근해에 다다랐을 때 사나운 폭풍이 일었습니다. 배는 뒤집어지고 원숭이를 포함해서 배에 탔던 모두가 바다 속으로 뛰어들어 헤엄을 치지 않으면 안되었습니다. 원숭이를 본 돌고래가 사람으로 잘못 알고 등에 태워 육지를 향해 갔습니다. 아테나이 사람들의 항구인 피라에우스에 도착하자 돌고래는 원숭이에게 아테나이 태생이냐 물었습니다. 그렇다고 하면서 자기 부모가 아테나이의 저명인사라고 원숭이가 덧붙이자 돌고래는 피라에우스**도 아느냐고 물었습니다. 피라에우스가 사람이라고 생각한 원숭이는 잘 알고 있을 뿐 아니라 사실 절친한 친구라고 했습니다. 이 터무니없는 거짓말에 돌고래는 너무나 화가 나 몸을 기울여 원숭이를 물속에 집어넣어 빠져 죽게 하였답니다.

* 그리스 중부에 있는 반도.
** 아테나이의 외항(外港).

이 우화는 진실을 알지 못하고 다른 사람을 속일 수 있다고 생각
하는 사람들을 풍자하고 있다.

51
선심으로 죽다

꼬리 없는 원숭이는 쌍둥이를 낳는다고 합니다. 그 중 하나에게 정을 쏟고 정성 들여 젖을 먹인답니다. 다른 새끼는 외면하고 소홀히 다룬다는 것이지요. 그러나 기묘한 섭리로 어미 원숭이가 총애하여 젖가슴에 꽉 껴안는 새끼는 질식해 죽어버리고 홀대받은 새끼가 어른이 된다는 것이지요.

지극한 장래 걱정도 운명에는 당하지 못한다.

52
피맺힌 한

뱀이 시골 사람의 아이에게로 기어 올라가 아이를 죽였습니다. 이에 격분해 아버지가 도끼를 들고 뱀 구멍에서 기다렸습니다. 뱀이 나오자마자 내려칠 태세였지요. 뱀이 머리를 내밀었을 때 도끼를 내리쳤으나 맞추지를 못하고 대신 바위에 흠을 냈습니다. 그 뒤 그는 보복을 경계하게 되었고 자기 적에게 화해하기를 청했습니다. 그러나 뱀은 거절하는 것이었습니다.

"바위에 난 저 홈집을 보고 당신과 좋은 사이가 될 순 없어요. 당신도 아들의 무덤을 보고 나와 좋은 사이가 될 수는 없지요."

하고 그는 말했습니다.

심각한 싸움은 쉽게 말려지지 않는다.

53
선을 악으로

어느 겨울날 한 농부가 추위로 뻣뻣하게 얼어버린 뱀을 보았습니다. 안쓰러운 생각이 나 뱀을 집어서 가슴팍에 넣었습니다. 그러나 훈기로 타고난 천성이 돌아온 뱀은 은인을 깨물어 버렸습니다. 치명적이었지요. 죽으며 농부가 말했습니다.

"고약한 짐승을 측은히 여겼으니 당연하지."

이 우화는 아무리 고마운 친절도 고약한 성품을 바꾸지 못한다는 것을 보여준다.

54
악인의 선물

제우스가 혼인 잔치를 벌이고 있을 때 모든 동물들이 능력껏 가지끈의 선물을 가져왔습니다. 뱀이 입에 장미를 물고 하늘로 기어 올라갔습니다. 그러나 그것을 본 제우스는 말하는 것이었습니다.

"모든 동물들의 선물을 받겠다. 그러나 네 입에 있는 것은 어느 것도 받지 않겠다."

고약한 이의 호의는 겁나는 것이다.

55
공동의 적 앞에서의 단합

뱀과 족제비가 살고 있는 집에서 서로 싸움박질을 시작
했습니다. 늘 하던 대로 새앙쥐를 잡는 대신에 말이지요.

새앙쥐들이 싸움하는 뱀과 족제비를 보자 쥐구멍에서 걸
어 나왔습니다. 새앙쥐를 보자 이들은 싸움박질을 그쳤습
니다. 이들이 오래된 앙숙을 공격하려 들었기 때문이지요.

정치에서도 똑같은 현상을 볼 수 있다. 적대하는 정치가들의 싸
움에 민중들이 휘말리게 되면, 양쪽 정치가들이 단합하여 자기들
을 파멸시킨다는 것을 뒤늦게 알게 되는 것이다.

56
최선의 방위책

뱀이 너무나 많은 사람들에게 밟혔기 때문에 제우스에게
로 가서 불평을 했습니다.

"너를 밟은 첫 번째 사람을 물었다면, 다음번 사람은 선
뜻 너를 밟지 못했을 것이다."

하고 제우스는 말해 주었답니다.

첫 번째 공격자에게 맞서는 사람들은 타인으로 하여금 두려움을
갖게 한다.

57

보복 우선

말벌이 뱀 머리 위에 앉더니 계속 침을 쏘아 괴롭히는 것이었습니다. 아파서 울화가 치미는 데다가 달리 보복할 방도도 알지 못한 탓에 달구지 수레바퀴 밑에 머리를 박았습니다. 뱀도 말벌도 죽고 말았지요.

어떤 사람들은 적을 살려 두느니보다 함께 죽기를 선택한다.

58

물고 깨물리다

자기보다 날카로운 이빨을 가진 사람에게 자기 이빨을 들이미는 녀석은 다음 우화에서 자기의 닮은꼴을 보게 되리라.

뱀이 대장간에 들어갔습니다. 먹을 것을 찾아 두리번거리다가 뱀은 줄을 물었습니다.

"네 이발로 내게 표를 내어 어쩌겠다는 거냐. 멍청이 같으니라구."

하고 도전적으로 줄이 말했습니다.

"만나는 모든 쇳조각을 갉아내는 내게 말이다."

59
잘못짚은 경쟁

집승들의 모임에서 원숭이가 일어나서 춤을 추었습니다. 좌중이 모두 춤 솜씨를 높이 평가하고 열렬한 박수갈채를 보내어, 낙타가 시샘이 나서 비슷한 칭찬을 받고 싶었습니다. 낙타는 그래서 몸을 일으켜 원숭이처럼 춤을 추려 하였습니다. 그러나 낙타는 너무나 우스꽝스러운 몰골을 보여주어 화가 난 구경꾼들이 몽둥이질을 해서 눈에 안 뜨이게 쫓아버렸습니다.

선망으로 더 나은 사람과 겨루어보려는 사람들이 어떻게 되는가를 이 얘기는 보여준다.

60
안 보이는 쪽에서 잡히다

애꾸눈 사슴이 바닷가에 풀을 뜯어먹으러 갔습니다. 사냥꾼의 접근을 망보기 위해 성한 눈은 육지 쪽으로 돌리고 상한 눈은 바다 쪽으로 돌렸습니다. 바다 쪽에서는 위험을 예상하지 않았던 것이지요. 그러나 해안 쪽으로 항해하던 사람들이 사슴을 보고 활을 쏘아 쓰러뜨렸습니다. 임종을 당해 사슴은 생각하는 것이었습니다.

'참 재수가 없구나! 육지로부터 올 줄 알고 있었던 공격은 경계했지만 아무런 위험도 없다고 생각한 바다가 더 치명적인 것이라니.'

우리의 예상이란 흔히 빗나간다. 해코지를 하리라 두려워했던 것이 득이 되는가 하면 구해 주리라 생각했던 것이 우리를 파멸시키기도 한다.

61
물리고도 조심성 없이

병든 사자가 동굴 속에 누워 있었습니다. 사자는 절친한 동무인 여우에게 말했지요.

"내가 회복되어 살기를 바란다면 자네의 달콤한 혓바닥을 놀려 숲 속에 살고 있는 큰 사슴을 꾀어내 발톱이 미치는 곳으로 데려오도록 하게나. 나는 사슴의 창자와 허파가 먹고 싶단 말일세."

여우는 나가서 숲 속에 뛰놀고 있는 사슴을 발견했습니다. 거기 끼어 들어가 여우는 사슴에게 이렇게 인사말을 붙였지요.

"나는 아주 좋은 소식을 가지고 왔습니다. 우리들의 왕인 사자님과 내가 이웃이란 것은 알고 계시지요? 병환이 나서 오늘내일 하십니다. 그래서 어떤 동물이 다음에 왕이 되어야 할지를 생각하고 계시거든요. 돼지는 지각이 없고 곰은 게으름뱅이요, 표범은 성미가 고약하고 호랑이는 허풍선이라는 것이지요. 그래서 사슴이 왕좌에는 가장 적임자라는 것이지요. 귀도 인상적으로 크고 장수하는 동물인데다가 두 뿔은 뱀도 무서워한다는 것이지요. 요컨대 귀하가 왕으로 지명되신 겁니다. 이 소식을 처음으로 전해 드리는 제게 무슨 대답을 주시렵니까? 어서 말씀해 주세요.

전 서둘러야 합니다. 사자님은 매사에 제 조언에 의존하십니다. 그래서 곁에 있기를 바라실 것입니다. 이 늙은이의 충고를 따르셔서 저와 함께 가셔서 임종 때까지 사자 곁에 눌러 계십시오."

이 말에 사슴의 마음은 자부심으로 부풀어 올랐습니다. 그래서 무슨 일이 일어날지 아무런 의심도 않고 동굴로 갔습니다. 사자는 열을 내어 사슴에게 덤벼들었지요. 그러나 발톱으로 사슴 귀를 찢을 수 있었을 뿐입니다. 그리고 사슴은 급히 숲 속으로 달아났습니다. 여우는 자기 헛수고에 실망하여 두 손을 치고 야단이었습니다. 사자는 분하고 배가 고파서 큰 소리로 탄식하고 으르렁거렸습니다. 종당에 사자는 다시 한번 시도해서 사슴을 꾀어오라고 여우에게 간청했습니다.

"제게 맡기시는 일은 참 어렵고 성가신 것이지만 그러나 해보도록 하겠습니다."

하고 여우는 대답했지요. 그리고 간교한 궁리를 하면서 사냥개처럼 사슴을 뒤쫓기 시작했습니다. 그리고 몇몇 목동들에게 피가 묻은 사슴을 보았느냐고 물었습니다. 그들은 사슴이 들어간 숲을 손가락으로 가리켜주었습니다. 급히 도망치고 나서 몸을 식히고 있는 사슴을 보고 여우는 뻔뻔스럽게도 말을 붙였습니다. 사슴은 노여움으로 머리카락이 쭈뼛해졌지요.

"네놈에게 다시 걸리지 않는다. 내게 가까이 오기만 하면 살려두지 않겠다. 가서 너를 잘 알지 못하는 사람이나 속여먹어라. 딴 사람을 찾아내어 왕으로 삼고 분통을 터뜨

리럼."

하고 사슴은 말했습니다.

"이렇게 형편없는 겁쟁이란 말이오?"

하고 여우는 대꾸하는 것이었습니다.

"그리고 친구인 우리를 의심한단 말이오? 사자님이 귀하의 귀를 잡은 것은 돌아가시기 전에 마지막 충고와 교시를 내리시려 한 것입니다. 왕으로서의 큰 책임에 관해서 말입니다. 그런데 당신은 병든 환자의 손에 긁히는 것조차 견디지를 못하셨습니다. 그래서 사자님은 지금 당신보다 더 화가 나셔서 이리를 왕으로 삼으시길 바라고 계십니다. 우리에겐 고약한 왕이 될 것입니다. 자, 저와 함께 가시고 두려워 마십시오. 양처럼 유순하십시오. 모든 나무 잎새와 샘을 두고 맹세하지만 사자는 해치지 않을 것입니다. 그리고 저는 당신 이외엔 누구도 상전으로 모시고 싶지 않습니다."

이런 속임수로 여우는 재수 없는 사슴을 다시 함께 가도록 꾀었습니다.

동굴로 들어서자마자 사자는 사슴을 먹어치웠고 뼈와 골수와 내장도 모조리 삼켰습니다. 여우는 서서 구경을 했지요. 시체에서 염통이 떨어져 나오자 그는 몰래 낚아채어 자기 수고에 대한 보수라고 먹어치웠습니다. 사자는 그것을 놓치고 두루 찾았습니다.

"염통 찾기를 그치는 게 좋아요."

하고 여우는 안전한 거리에서 말하는 것이었습니다.

"사실은 염통이 없으니까요. 두 번이나 사자 굴과 사자

손아귀로 찾아드는 녀석에게서 무슨 염통을 기대한단 말입
니까?"

영광에 대한 인간의 욕심은 마음을 흐리게 해서 절박한 위험도
못 보게 한다.

62
겁쟁이 본성

새끼 사슴이 늙은 사슴에게 말하는 것이었어요.

"아버지, 아버지는 개보다 더 크고 또 빠른 걸음을 가지고 태어나셨습니다. 또 훌륭한 뿔을 가지셨으니 방어도 하실 수 있고요. 그런데 왜 겁을 내고 개한테서 도망가시는 겁니까?"

"아들아, 네 말이 옳다."

하고 웃으면서 사슴은 말하는 것이었습니다.

"나도 까닭을 모르겠다. 그러나 개 짖는 소리만 나면 어쩔 수 없이 도망가려는 충동을 느끼게 된단다."

타고난 겁쟁이는 아무리 권장해도 담대해지지 못한다.

63

운명의 아이러니

목마른 사슴이 샘으로 왔습니다. 물을 마시고 나서 물속에 비친 자기 그림자를 보게 되었지요. 사슴은 묘한 모양의 커다란 뿔을 자랑스럽게 여겼습니다. 그러나 홀쭉하고 가늘게 생긴 다리에는 불만스러웠습니다. 생각에 잠겨 있을 때 사자가 나타나서 사슴에게로 달려왔지요. 사슴은 도망을 쳤고 쉽게 사자를 멀찌감치 따돌렸습니다. 사슴의 강점은 다리에 있고 사자의 그것은 용감함에 있기 때문이었지요. 탁 트인 터전이 계속되는 한 사슴은 안전하게 앞서 갔습니다. 그러나 수풀에 이르자 뿔이 나뭇가지에 걸리는 것이었습니다. 그래서 더 달리지를 못하고 사자에게 잡히고 말았습니다. 죽어가면서 그는 생각했습니다.

'아! 내게 큰 쓸모가 없다고 생각했던 다리가 나를 살려주었지만 내게 자신을 주었던 뿔이 나를 죽이는구나!'

위험에 처했을 때 우리가 의심했던 친구가 우리를 살려주는 반면에 절대로 믿었던 친구에게 배신당하는 일이 흔히 있다.

64
거북이가 딱지를 얻게 된 사연

제우스가 자기 혼인 잔치 때 모든 동물들을 접대하였습니다. 오직 거북이만이 오지를 않았지요. 그래서 이튿날 왜 남들과 함께 오지 않았느냐고 물어보았습니다.

"집이 최고지요."

하고 거북이는 대답했습니다. 이 대답에 제우스는 너무나 화가 나서 거북이로 하여금 제 등에 집을 얹고 다니게 했다는 것이지요.

많은 사람들이 남의 집에서 호사스럽게 사는 것보다 제 집에서 검소하게 사는 것을 취할 것이다.

65
충고를 안 듣고

거북이가 독수리에게 날아다니는 법을 가르쳐달라고 청했습니다. 독수리는 거북이가 잘 날지 못하게 태어났다고 가르쳐주었습니다. 그러나 거북이는 그럴수록 더 간청하는 것이었습니다. 그래서 독수리는 거북이를 발톱으로 들어 올려 높이 올라갔다가 내려놓았습니다. 거북이는 바위 자락에 떨어져 산산조각이 나고 말았지요.

경쟁 심리 때문에 흔히 사람들은 지혜로운 사람들의 충고를 무시하여 치명적인 결과를 빚게 된다.

66
더디나 착실하게

누가 더 빠르냐 하는 것을 두고 거북이와 토끼가 논쟁을 시작했습니다. 헤어지기 전에 그들은 문제를 해결하기 위해 시간과 장소를 약속해 놓았습니다.

토끼는 타고난 제 민첩함에 자신만만하여 경주에 대한 걱정은 않고 길가에 누워서 잠이 들었습니다. 더딘 제 동작을 절실하게 의식하고 있던 거북이는 멈추지 않고 계속 타박타박 걸어서 잠자는 토끼를 지나 마침내 경주에 이겼습니다.

타고난 재주꾼은 노력이 부족해서 끈기 있는 노력가에게 지는 경우가 흔하다.

67
악인이 받는 대가

독수리와 암여우가 친구가 되어서 서로 이웃에서 살기로 결정하였습니다. 가까이서 알고 지내는 것이 우정을 돈독히 하리라는 희망에서였지요. 독수리는 아주 높은 나무 꼭대기로 날아가 거기에 알을 깠습니다. 한편 여우는 그 아래 덤불에서 새끼를 낳았습니다.

어느 날 먹을 것을 찾아 여우는 나들이를 했습니다. 배가 고팠던 독수리는 덤불 속으로 급강하해서 여우 새끼들을 낚아채 가지곤 제 새끼들과 함께 먹어치웠습니다. 여우가 돌아와서 무슨 일이 벌어졌는가를 보았습니다.

여우는 새끼를 잃은 것보다도 독수리를 벌주는 것이 어려워서 더욱 괴로웠습니다. 땅 위에 매여 있는 처지에 어떻게 새를 잡을 수가 있겠습니까? 여우가 할 수 있는 일은 약하고 힘없는 처지에 그럴 수밖에 없듯이 먼 발치에 서서 원수를 저주하는 것뿐이었습니다.

그러나 오래지 않아 우정의 존엄성을 더럽힌 독수리는 벌을 받게 되었습니다. 어떤 사람들이 들판에서 염소를 제물로 바치고 있었습니다. 독수리는 제단으로 내리 닥쳐 타고 있는 고깃점을 제 둥우리로 물고 갔습니다. 바로 그때 돌풍이 일어서 둥우리의 마른 줄기를 활활 타오르게 했습

니다. 그 결과 채 깃이 자라지 않은 독수리 새끼들이 불에
타 땅에 떨어지고 말았습니다. 여우는 그리로 달려가 독수
리가 보는 앞에서 모조리 맛나게 먹어치웠습니다.

우정의 약속을 깨뜨린 사람들은 그들이 배신한 친구가 그들을 벌
하지 못한다 하더라도 하늘의 보복을 피할 수 없다는 것이 이 애
기의 요점이다.

68
똑같은 보답

덫에 걸린 독수리를 본 농부가 그 아름다움에 감동해서 새를 날려 보냈습니다. 독수리는 이렇게 살려준 것을 고맙게 여기고 있다는 것을 농부에게 보여주었지요. 무너지려는 벽 아래 농부가 앉아 있는 것을 보고 독수리는 날아가서 농부가 동이고 있는 머리띠를 발톱으로 낚아챘습니다. 농부는 벌떡 일어나서 그것을 따라갔습니다. 독수리는 머리띠를 떨어뜨렸고 농부는 그것을 주웠습니다. 돌아온 그는 새가 자기 친절에 신통하게 보답했음을 알았습니다. 그가 앉아 있던 바로 그 자리에 담이 무너져 있었던 것입니다.

69
독수리가 되고 싶은 갈까마귀

독수리가 높은 바위에서 날아와 어린 양을 잡았습니다. 이 광경을 본 갈까마귀는 부러운 마음이 생겼습니다. 그래서 독수리를 본뜨려는 열의로 날갯소리를 홱홱 내면서 양의 등허리로 급강하를 했습니다. 그러나 발톱이 양털에 걸려서 날개로 마구 파닥거렸지만 부질없는 일이었습니다. 결국 그걸 본 양치기가 달려와서 잡히고 말았습니다. 양치기는 갈까마귀를 빠르게 날게 했던 날개를 잘랐습니다. 그리고 밤이 되자 집에 가져다가 자녀들에게 주었습니다. 아이들이 무슨 새냐고 물어보자 그는 말하는 것이었습니다.

"나는 이 새가 갈까마귀라는 걸 알고 있다. 그러나 이 새는 독수리로 통하려 하고 있단다."

자신보다 강한 자와 경쟁하려 하면 헛수고를 할 뿐 아니라 덤으로 불행을 겪고 또 조롱받게 된다.

70
희망의 연기

배고픈 갈까마귀가 무화과나무에 앉았습니다. 그리고 무화과 열매가 아직 딱딱한 것을 알고 익기를 기다렸습니다. 갈까마귀가 무화과나무의 붙박이가 된 것을 본 여우가 까닭을 물었습니다. 사연을 듣고 나서 여우는 말하는 것이었습니다.

"희망에 온통 사연을 빼앗기는 것은 잘못이네. 희망은 자네를 속일 수 있을 뿐, 배를 채워주지는 않을 걸세."

71
양쪽 모두의 지청구

갈까마귀 한 마리가 제 동료들을 업신여겼습니다. 그들보다 몸집이 컸기 때문이었지요. 그래서 까마귀 틈에 끼어들어가 같이 살게 해달라고 부탁했습니다. 그러나 생김새나 목소리가 생소해서 까마귀들은 그를 구박하고 쫓아버렸습니다. 그러자 그는 갈까마귀에게로 돌아갔습니다. 그러나 그전에 당했던 일이 분해서 갈까마귀들은 그를 다시 받지 않았습니다. 이리하여 그는 양쪽에서 모두 쫓겨난 지경이 되었답니다.

딴 곳에 가 살고 싶어 고국을 떠난 사람들에게도 똑같은 일이 일어난다. 외국인이어서 새 터전에서 명예가 없고 또 업신여겼다고 해서 자기 나라 사람들에게도 미움을 받는다.

72

빌린 깃털

조류의 왕을 내세우려고 제우스는 날을 정해서 모든 조류가 자기 앞에 나타나도록 하였습니다. 가장 잘생긴 새가 군림하도록 할 셈이었지요.

새들은 모두 강둑으로 가서 몸치장을 하였습니다. 갈까마귀는 제가 얼마나 못생겼나 하는 것을 깨닫고 다른 새들이 털갈이한 털을 모아서 온통 몸에다 붙였습니다. 그래서 제일 화려하게 보이도록 말이지요.

지정한 날 조류가 모두 제우스 앞에서 행진을 했습니다. 가지각색 깃털을 꽂은 갈까마귀도 들어 있었지요. 그의 뛰어난 외양 때문에 제우스는 갈까마귀를 왕으로 삼으려고 하였습니다. 그때 딴 새들이 화가 나서 각자 자기 털을 빼내 가서 갈까마귀의 화려한 깃털 장식을 뽑아버렸습니다. 그래서 그는 벗겨져서 본래의 갈까마귀로 돌아갔습니다.

빚진 사람들은 이 새와 같다. 그들은 남의 돈으로 자기를 번듯하게 보이도록 한다. 빚을 갚고 나면 그들은 그전처럼 형편없는 사람들임이 드러난다.

73
손안에 든 새

늘 그렇듯이 노래를 하면서 꾀꼬리가 키 큰 참나무 위에 앉아 있었습니다. 매가 꾀꼬리를 보고 급강하해서 낚아챘습니다. 먹을 것이 없었던 참이었지요. 꾀꼬리는 살려달라고 간청하여 죽음의 아가리로부터 도망치려고 하였습니다. 자기는 매의 먹이로서는 너무 작으니 만약 시장하면 자기보다 큰 새를 쫓아가는 것이 나을 거라고 꾀꼬리는 말하는 것이었습니다. 그러나 매는 이렇게 대답했습니다.

"아직 보이지도 않는 어떤 것을 뒤쫓기 위해 발톱에 잡혀 있는 먹이를 떨어뜨린다면 미친 짓이지."

사람의 경우에도 마찬가지다. 더 큰 보상의 희망 때문에 손안에 있는 것을 포기하는 것은 지각 없는 일이다.

74
약속 위반

덫에 걸린 까마귀가 살려주기만 한다면 아폴로에게 향을 피워주겠다고 맹세하였습니다. 그러나 그 기도가 받아들여지자 그는 약속을 잊어버렸습니다. 얼마 후 까마귀가 다시 잡혔습니다. 이번엔 아폴로를 무시해 버리고 헤르메스에게 제물을 바치겠다고 약속했습니다.

"이전의 후원자를 속이고 부인했는데 그런 너를 내가 신용하길 기대한단 말인가?"

하고 헤르메스는 말하였습니다.

은인에게 배은망덕한 사람들은 어려운 처지가 되었을 때 아무도 도와주지 않는다.

75
망명권

겨우살이*가 처음 생겨났을 때 그것이 새들을 위협하는 위험임을 흰털발제비는 깨달았습니다. 그래서 새들을 모두 불러 모아서는 겨우살이가 자라는 참나무로부터 가능하면 그것을 떼어놓으라고 충고하였습니다. 그것을 못하면 사람들에게 꼼짝 못하고 새들을 잡는 데 겨우살이를 쓰지 말라고 구걸하게 된다는 것이었지요. 다른 새들이 흰털발제비를 공연한 수다쟁이라고 놀려대서 제비는 인간에게 가서 호소를 했습니다. 겨우살이로 제비들을 잡지 말라고요. 사람들은 생각이 깊은 제비를 환영하여 그들과 함께 살도록 하였습니다. 그래서 다른 새들은 사람들에게 잡혀 먹히지만, 제비는 사람에게 보호받는다고 간주되고 있으며 아무런 두려움 없이 인가에 집을 짓고 있는 것입니다.

* 참나무에 기생하는 관목. 새 잡는 데 씀.

위험을 내다보는 사람들이 위험을 피할 기회를 갖게 된다는 것은 자연스러운 일이다.

76
난롯가의 소묘

어떤 사람이 앵무새를 사놓고 집 안의 아무 데고 출입하도록 하였습니다. 앵무새는 아주 순했습니다. 그리고 어느 날 벽난로에 올라가 거기 앉아서 재잘재잘 지껄이기를 계속했습니다. 집 고양이가 그를 보고 누구이며 또 어디서 왔느냐고 물었습니다. 앵무새는 주인이 샀다고 말했지요.

"아주 뻔뻔스러운 것 같으니라고."

하며 고양이가 말하였습니다.

"이 집에서 태어난 나도 야옹 소리를 내지 못하게 하는데 너 같은 신출내기가 이렇게 소란을 피우다니! 만약 내가 그런다면 사람들이 화를 내고 나를 쫓아낼 거야."

앵무새가 대답하였습니다.

"주인 마나님! 산책이나 오래 하라고 충고하겠네. 차이가 있단 말일세. 이 집 식구들이 네 목소리와는 달리 내 목소리는 싫어하지 않는단 말이야."

이 우화는 언제나 타인의 흠만 찾아내는 성미 고약한 욕쟁이를 풍자하고 있다.

대갚음

누구에게나 고약한 짓을 하지 마라. 누군가가 당신에게 고약한 짓을 한다면 그는, 내가 얘기하려는 우화에 따르면, 대갚음을 당하는 것이 마땅하다.

낯선 곳에서 온 황새가 여우에게서 저녁 초대를 받았습니다. 여우는 매끄러운 대리석 판 위에다 건더기 없는 멀건 국을 대접하였습니다. 그래서 배가 고팠던 황새는 한 방울도 맛볼 수가 없었습니다. 초청에 대한 답례로 여우를 불러 황새는 죽이 들어 있는 목이 긴 그릇을 내놓았습니다. 거기다가 부리를 집어넣고 황새는 맛있게 식사를 했지만 여우 손님은 시장기로 고통을 받았습니다.

"당신이 본을 보여 주었으니까 내가 본뜬 것을 불평해선 안 되지요."

하고 황새는 말하였습니다.

자연은 불만을 벌한다

솔개는 본시 목소리가 백조처럼 맑았습니다. 그러나 말이 우는 소리를 듣고 부러워서 있는 힘을 다해서 말 흉내를 냈답니다. 새 기술을 얻으려고 노력하는 사이에 솔개는 이미 가지고 있던 능력을 잃어버리게 되었습니다. 말 우는 소리를 배우지도 못하고 또 노래하는 법도 잊어버린 것이지요.

동양의 한단지보(邯鄲之步)*와 같다.

*『장자(莊子)』의 「추수(秋水)」에. 조(趙)나라의 한단 사람이 보행을 잘하는 것을 보고 연(燕)나라의 한 청년이 그곳에 가서 걷는 방법을 배웠는데 습득을 못했을 뿐만 아니라 고국의 걸음걸이까지도 잊어버리고 기어서 돌아왔다는 고사.

정색하고 덤빌 때

종달새가 푸른 밀밭 속에 집을 짓고 머리에 볏이 생기고 날개가 다 자랄 때까지 여린 싹을 먹여서 새끼들을 키웠습니다. 어느 날 임자가 자기 밭을 살피러 왔다가 밀이 다 익고 마른 것을 보았습니다.

"이제 친구들을 모두 불러 수확을 도와달라고 해야 할 때가 왔군."

하고 그는 말했습니다. 볏 달린 종달새 새끼 하나가 그 말을 듣고 아버지에게 얘기해 주고 그들이 옮겨 갈 새 집을 찾으라고 일렀습니다.

"아직 이사할 생각을 할 필요가 없다."

하고 아버지는 말하는 것이었습니다.

"친구에게 맡겨서 일을 하려는 사람은 급히 서두르고 있는 것이 아니란다."

다시 와서 밀 이삭이 따가운 햇볕 속에 졸고 있는 것을 본 농부는 당장 이튿날 밀 베기와 낟가리 나르는 품삯꾼을 구해야겠다고 말했습니다.

"친구에게 의존하는 게 아니라 직접 나서는 걸 보니 이제 정말 이사할 때가 되었구나."

하고 종달새는 새끼에게 말했습니다.

80
백조의 노래

백조가 몹시 아름다운 목소리를 가지고 있다는 얘기를 들은 사람이 백조를 한 마리 샀습니다. 팔려고 내놓은 것을 우연히 보았던 것이지요. 어느 날 만찬회를 열고 있을 때 그는 나가서 백조에게 술을 마시고 앉아 있는 손님들에게 노래를 들려달라고 청을 했습니다. 그러나 아무런 소리도 들을 수가 없었지요. 그러나 그 후 얼마 안 되어 죽음이 가까워 오고 있다고 느낀 백조는 자기의 죽음을 조상하는 만가를 부르기 시작했습니다. 백조는 죽음에 임해서 노래하는 것이라고 하니까요. 주인은 백조의 노래를 듣고 말하는 것이었습니다.

"네가 죽을 때만 노래를 하는 것이라면 요전 날 네게 노래를 청한 것은 참 멍청한 짓이었다. 너를 제물로 바칠 준비를 하는 편이 좋았을 것이다."

사람들이 어떤 일을 호의로 하지 않는다면 때때로 자기 의사에 반해서 강요되는 법이다.

81
정복당한 승리자

암탉의 선심을 얻기 위해 경쟁자와 싸웠다가 패배한 수탉이 캄캄한 구석에 가서 숨어버렸습니다. 승리한 수탉은 높은 담에 올라가 있는 힘을 다해 큰 소리로 꼬꼬댁거렸지요. 즉시 독수리가 급강하해서 수탉을 낚아채었습니다. 싸움에 진 수탉은 캄캄한 은신처에서 안전하였습니다. 그리고 방해받을 염려도 없이 암탉들에게 구애할 수가 있었습니다.

이 얘기는 신이 오만한 자를 거부하고 겸손한 이에게 은총을 베푼다는 것을 보여준다.

100

82

신중함은 용기의 크나큰 부분

개와 수탉이 우정을 맺고 함께 여행길에 나섰습니다. 밤이 되자 수탉은 나무에 올라가 잠을 잤습니다. 한편 개는 나무 아래 움푹한 곳에서 잠자리를 마련했습니다. 수탉은 늘 하던 대로 새벽이 되자 꼬꼬댁거렸습니다. 닭 우는 소리를 들은 여우가 달려와 나무 밑에 서서 수탉보고 내려오라 하였습니다. 이렇게 아름다운 목소리 임자를 몹시 끌어안고 싶다는 것이었지요. 먼저 아래켠에서 자고 있는 문지기를 깨워 문을 열어달라 부탁을 하라고 수탉은 말했습니다. 여우가 그 문지기를 찾고 있는 동안 개가 갑자기 뛰어들어 여우를 갈가리 찢어놓았습니다.

적에게 공격받았을 때 지혜로운 사람은 자신보다 더 잘 자기를 방어해 줄 수 있는 사람에게 그 적을 따돌려서 그의 계획을 망가뜨린다.

83
관점의 차이

집을 털려고 들어간 도둑들이 수탉 한 마리밖엔 아무것도 없음을 알았습니다. 그들은 수탉을 집어 들고 나갔습니다. 그들이 수탉을 제물로 바치려 하자 닭은 살려달라고 간청하는 것이었습니다. 일을 시작하도록 새벽녘에 깨워 줌으로써 사람들에게 유용한 봉사를 한다는 구실을 대었지요.

"그러니까 더욱 너를 죽여야 한다."

하는 것이 대답이었습니다.

"왜냐하면 그들을 깨워줌으로써 너는 우리가 도둑질을 못하게 하니까 말이다."

정직한 사람에게 득이 되는 것이 고약한 사람에겐 불리점이 된다.

84
잘못된 믿음

물총새는 고독을 사랑하고 평생을 바다에서 사는 새입니다. 사람들이 쫓아갈 수 없는 바닷가의 바위틈에 집을 짓는다고 하지요.

옛날, 알을 까려고 하는 물총새가 곳에 와서 물 위로 돌출해 있는 바위 위에 집을 지었습니다. 그런데 어느 날 먹이를 구하러 나갔을 때 돌풍이 바다를 휩쓸고 높은 파도가 새집을 덮어 새끼들을 빠져 죽게 하였습니다.

돌아와서 벌어진 일을 보고 물총새는 탄식하는 것이었습니다.

"애통하다! 육지에서 나를 겨냥하는 덫에 대해 경계를 하였지. 그러나 내가 안전하다고 도망쳐 온 이 바다는 한결 더 믿을 수 없는 것이구나."

어떤 사람들은 이와 비슷하게 처신한다. 적에 대해 스스로를 보호하려고 걱정하다가 이들은 더욱 위험한 친구들의 수중으로 달려간다는 것을 깨닫지 못한다.

85
자기 보존의 법칙

　새 사냥꾼이 그물을 펼쳐놓고 길들인 비둘기들을 그물에 매어놓았습니다. 그리고 얼마쯤 떨어진 곳으로 가서 일이 벌어지기를 기다렸습니다. 순서에 따라 산비둘기들이 날아와서 그물에 걸렸습니다. 사냥꾼이 급히 달려와 산비둘기를 잡자 그들은 길들인 비둘기를 책망하였습니다. 같은 친척이 덫 있는 곳으로 오는데 경고도 하지 않았다고 말입니다.

　"우리 입장에서는 친척의 감시를 받는 것보다 주인의 노여움을 피하는 것이 훨씬 중요하단 말이오."

　하고 길들여진 비둘기가 말하는 것이었습니다.

걱정 때문에 자기들의 친척에 대해 정을 등한히 한다손 치더라도 노예들을 탓할 수만은 없다.

86
뛰기 전에 잘 보라

목이 마른 비둘기가 그림 속에 있는 물 주전자를 보았습니다. 그림을 진짜로 알고 두 날개를 크게 소리 내며 물 주전자로 날아갔습니다. 그 결과 그림에 부딪혀 날개에 상처를 내고 땅에 떨어져 지나가던 사람에게 잡혔습니다.

맨머리로 사물에 덤벼들지 마라. 사람의 격정은 때로 그를 맹목적으로 돌격하여 파멸하게 한다.

87
태어나야 고생뿐

비둘기장에 갇혀 있는 비둘기가 자기가 기르고 있는 대가족을 으쓱대며 자랑했습니다. 이 말을 들은 까마귀가 말하는 것이었습니다.

"그런 자랑은 그만 하게나. 어린애가 많으면 많을수록 자네 마음을 아프게 하는 비참한 포로들이 많아지는 걸세."

이것은 노예들에게도 해당된다. 예속 상태에서 어린애를 낳는 사람들은 가장 비참한 이들이다.

88
반역자의 죽음

새 사냥꾼 집에 좀 늦게 손님이 왔습니다. 대접할 것이
없어 주인은 길들인 반시*를 가지러 갔습니다. 죽일 작정
이었지요. 반시는 자기를 죽이려고 생각하는 배은망덕을
비난했습니다. 제 동료를 그물로 꾀어내어 주인이 잡을 수
있도록 큰 봉사를 다했는데 말이지요.

"그러니까 더욱 너를 잡아 죽일 이유가 되는 것이다. 네
친척에 대해서도 너는 무자비했으니까."

* 꿩과에 딸린 새.

친구의 배신자는 희생자에게만 혐오스러운 것이 아니라 배신의
수혜자에게도 혐오스러운 것이다.

89
독사를 귀여워하다

　암탉이 뱀 알 몇 개를 보고 조심스럽게 앉아 알을 품어 주어 까게 했습니다. 그것을 지켜본 제비가 말했습니다.

　"이 멍청아, 일단 자라고 나면 제일 먼저 너에게 피해를 입힐 짐승을 뭣 하러 길러주니?"

가장 친절한 대우조차도 사나운 성품을 순하게 할 수가 없다.

90
이기심이 받는 벌

말과 나귀가 주인과 함께 길을 가고 있었습니다.

"내 목숨을 구해 주려면 내 짐을 나누어 져주게."

하고 나귀가 말에게 말하였습니다. 그러나 말은 마다하였지요. 피로로 탈진한 나귀는 쓰러져 죽고 말았습니다. 그러자 주인은 짐 전부를 말에게 지웠습니다. 게다가 나귀의 가죽까지 얹었지요. 말은 신음 소리를 내면서 처량하게 탄식하는 것이었습니다.

"아! 내 자신을 이런 참담한 지경으로 빠뜨리다니! 가벼운 짐을 마다했는데 이제 이 꼴이 뭐람. 나귀 가죽이고 뭐고 온통 전부를 지고 가야 하다니."

강자가 약자를 도와주어야 한다는 것이 교훈이다. 그래야 모두가 산다는 것이다.

91

어려울 때 봐주시오

한 군인에게 말 한 필이 있었습니다. 싸움터에 있는 동안 모든 위험과 모험을 주인과 함께 했고 보리를 잔뜩 급식받았습니다. 그러나 전쟁이 끝나자 이 말은 노예처럼 일해야 했습니다. 무거운 짐을 날랐으나 왕겨밖에 얻어먹지 못하였지요. 다시 전쟁이 선포되었습니다. 그리고 나팔소리가 울렸을 때 주인은 말에 굴레를 씌우고 무장을 하고 말 위에 올라탔습니다. 그러나 말은 기운이 없어 발걸음을 떼어놓을 때마다 비틀거렸습니다. 말은 주인에게 말하는 것이었습니다.

"나으리는 보병 연대로 가시는 게 좋겠습니다. 왜냐하면 저는 이제 말이라는 이름을 들을 자격이 없으니까요. 나으리는 저를 나귀로 만들어버렸습니다. 어떻게 다시 돌려놓으실 수가 있겠습니까?"

안전하여 편히 지낼 때 괴로움의 나날을 잊어버리는 것은 좋지 않다.

92
밑지는 흥정

멧돼지와 말이 함께 풀을 먹고 있었습니다. 멧돼지는 늘 풀밭을 더럽히고 물을 흐려놓는 것이었습니다. 멧돼지에게 앙갚음하려던 말이 사냥꾼의 도움을 구했습니다. 사냥꾼은 말에게 고삐를 매고 등에 올라타도록 허용해 주지 않는다면 도와줄 수가 없다고 말했습니다. 말은 어떠한 제의에도 동의할 태세였지요. 그래서 사냥꾼은 말 등에 올라탔습니다. 그리고 멧돼지를 쓰러뜨린 뒤에 말을 집으로 데리고 가서 구유에 매어놓았습니다.

맹목적인 노여움은 적에게 앙갚음을 하려는 열망에 사로잡힌 사람들로 하여금 다른 사람들의 손아귀에 들어가게 한다.

93
고양이의 철학

고양이가 스스로 잡은 수탉을 잡아먹을 그럴듯한 구실을 찾고자 했습니다. 수탉은 밤에 울어서 잠을 못 자게 하기 때문에 사람들에게 골칫거리라고 고양이가 구실을 내세웠습니다. 하루의 일을 시작하도록 깨워주기 때문에 사람들에게 좋은 일을 하고 있다는 것이 수탉의 항변이었습니다. 그러자 고양이는 수탉이 제 어미나 누이와 근친상간이란 흉측한 죄를 짓고 있다고 비난했습니다. 암탉이 알을 잘 낳도록 하는 것이니 이 또한 주인에게는 아주 유익한 봉사인 셈이라고 수탉은 대답하였습니다. 고양이가 말하는 것이었습니다.

"너는 참 많은 거짓 구실을 가지고 있구나. 그러나 그것은 내가 배가 고파야 할 이유는 못 된다."

그래서 고양이는 수탉은 잡아먹어 버렸습니다. 고약한 성품이란 것은 그럴듯한 구실을 내세우거나 혹은 그런 구실 없이 비행을 저지를 배포임을 보여주는 것이지요.

94
한 번 물리고 두 번 조심

어느 집 안에 새앙쥐들이 들끓었습니다. 이것을 안 고양이가 그리로 가서 하나하나 잡아먹었습니다. 계속되는 죽음 때문에 남아 있는 쥐들은 겁을 먹고 쥐구멍으로 들어갔습니다. 거기서는 고양이가 잡을 수가 없었지요. 그래서 고양이는 어떻게 해서든 쥐를 다시 밖으로 꾀어내어야겠다고 작정했습니다. 고양이는 벽으로 기어 올라가 나무못에 매달린 채 죽은 척하였습니다. 그러자 쥐 한 마리가 바깥을 엿보다 그를 보고 말했습니다.

"소용없어요. 죽은 시늉을 해도 당신 가까이엔 안 갈 테니까."

이 우화는 현명한 사람들에게 적용될 수 있다. 이들은 경험을 통해 배우고 적의 위장에 속지 않는다.

95
들통이 난 무도함

농장에 병든 암탉이 몇 마리 있다는 얘기를 고양이가 들었습니다. 그래서 고양이는 의사로 위장하여 의료 도구가 든 가방을 들고 그곳에 나타났습니다. 농가 바깥에 서서 고양이는 안녕하냐고 암탉에게 소리쳤습니다.

"당신이 근처에서 얼씬거리지만 않는다면 안녕하시고말고요."

하는 것이 대답이었습니다.

아무리 정직한 척 처신한다 하더라도 악당은 지각 있는 사람을 속이지 못한다.

96
변신

고양이가 잘생긴 청년을 사모해서 자기를 여자로 바꿔달
라고 아프로디테*에게 간청하였습니다. 여신은 고양이의
딱한 사정을 측은히 여겨 아름다운 처녀로 변신시켜 주었
습니다. 청년이 그녀를 보고 사랑하게 되어 집으로 데려가
아내로 삼았습니다.

침실에서 두 사람이 쉬고 있을 때 여신은 여인 앞으로
새앙쥐 한 마리를 풀어놓았습니다. 고양이의 본능이 모양
과 함께 변했는가 하는 것이 궁금했기 때문이었지요. 그녀
는 자기 위치를 곧 잊어버리고 침대에서 벌떡 뛰어 쥐를
잡아먹으려고 달려갔습니다. 화가 난 여신은 그녀를 본래
의 모습으로 되돌려 놓았습니다.

* 미와 사랑의 여신.

고약한 사람은 외양이 바뀌더라도 성품은 그대로 가지고 있다.

97
두려움에서 나온 참을성

사자에 쫓기던 황소가 염소들이 살고 있는 굴 속으로 도망쳐 들어갔습니다. 그러자 염소들은 뿔로 황소에게 박치기를 시작하는 것이었습니다.

"내가 이렇게 참고 있는 것은 너희들이 무서워서가 아니야."

하고 황소는 말했습니다.

"바깥에 서 있는 짐승이 무섭기 때문인 것이야."

더 강한 자가 두려워서 사람들은 흔히 약자의 공격을 감수한다.

98
잃을 것이 없다

노새 두 마리가 짐을 잔뜩 지고 길을 가고 있었습니다. 한 마리는 돈이 가득 들어 있는 자루를 지고 있었고 다른 한 마리는 보리가 가득 들어 있는 자루를 지고 있었지요. 값나가는 짐을 진 노새는 목을 꼿꼿이 세워 고개를 쳐들고 고삐에 달린 방울을 흔들어 큰 소리를 내며 걸었습니다. 한편 그의 길동무는 조용하고 침착한 걸음걸이로 뒤따라가는 것이었습니다.

갑자기 잠복해 있던 도둑 떼가 들이닥쳤습니다. 이어 끔찍한 싸움이 벌어지고 첫 번째 노새가 칼침을 맞은 뒤 현금을 빼앗겼습니다. 그러나 도둑들은 보릿자루는 신경 쓸 가치가 없다고 생각했지요. 짐을 빼앗긴 노새는 자기의 험한 운명을 슬퍼했습니다. 그러자 보릿자루 진 노새가 말했습니다.

"나로 말하면 그들이 주목할 것 없다고 생각해 다행이야. 잃어버린 것도 없고 다친 데도 없으니 말일세."

가난한 사람들은 안전한 삶을 꾸려나간다. 부자들은 계속 위험 속에 살고 있다.

99
옛 친구와 새 친구

어느 날 염소 떼를 방목지로 몰아넣고 나서 염소지기는 거기에 몇몇 길들이지 않은 새 염소가 끼어 있는 것을 알았습니다. 저녁이 되자 그는 염소 떼를 모두 자기 동굴 속으로 몰아넣었습니다.

이튿날은 날씨가 나빠서 방목지로 데려가지 못하고 굴 안에서 돌보아주지 않으면 안 되었습니다. 그는 자기 염소에게는 겨우 굶주림을 면할 정도로만 먹이를 주었으나 새 염소에게는 넉넉하게 주었습니다. 그들을 길들여서 염소 식구를 늘리려 했기 때문이지요.

날씨가 개어서 염소지기는 염소를 모두 방목지로 데려갔습니다. 그러나 산에 이르자마자 새 염소들은 도망을 갔습니다. 각별히 배려를 해주었는데도 도망쳐 간 염소를 염소지기는 배은망덕이라고 비난했습니다. 길들이지 않은 염소들은 고개를 돌려 바로 그 때문에 자기들이 그를 경계하게 되었다고 말하는 것이었습니다.

"우리는 겨우 어제 당신에게로 왔어요. 그전에 당신은 오래 데리고 있던 염소보다 우리에게 더 후한 대접을 해주었어요. 그러므로 다음에 다른 염소들이 끼어들면 우리를 소홀히 하고 그들을 후대할 것이 분명하지요."

하고 그들은 말했습니다.

갓 알게 되었는데도 옛 친구보다 우리를 선호하는 사람들의 호의적인 제의는 신중하게 받아들여야 한다. 우리가 오랜 친구가 되면 그들은 새 친구를 알게 될 것이고 그때 우리가 뒷자리에 앉을 차례란 것을 기억하지 않으면 안 된다.

100
제 덫에 걸리다

한 주인이 염소와 나귀를 함께 먹였습니다. 나귀는 먹을 것이 넉넉하여 남아돌아갈 지경이어서 염소가 시샘을 하였지요. 염소가 나귀에게 말하였습니다.

"연자방아 돌리랴, 짐 지랴, 너의 삶은 끊임없는 고역이야. 발작이 난 척하고 구렁에 뒹굴어서 휴식을 하도록 하는 게 어떻겠나?"

나귀는 충고를 받아들였고 넘어져서 크게 다쳤습니다. 그래서 주인은 수의사를 부르러 보내 도움을 청하였습니다. 의사는 염소 허파로 만든 죽이 좋다고 처방하였습니다. 그래서 나귀의 병을 고치기 위해 염소를 잡았습니다.

남에게 덫을 마련하는 것은 때때로 제 파멸의 원인이 된다.

101
할 일 한 가지를

염소 떼에 끼었다가 처진 어린 염소가 이리에게 쫓기고 있음을 알았습니다. 염소는 이리를 향해 말했지요.

"나를 잡아먹으려 한다는 것을 잘 알고 있어요. 그러나 적절한 격식을 갖추어 죽고 싶어요. 내가 춤추게 피리를 불어주세요."

피리 불기와 춤이 진행되는 동안 소음을 듣고 개들이 들이닥쳤습니다. 개들에게 쫓기면서 몸을 돌려 이리가 말하는 것이었습니다.

"이렇게 되어 싸지. 백정 짓을 해야 할 때 피리를 부는 게 아니었지."

당장 해야 할 일에 대해서 적절한 고려를 않은 채 거동하는 사람들은 손에 쥐고 있는 것조차 잃게 된다.

102
서투른 일꾼

서투른 솜씨로 양이 털을 깎이고 있었습니다. 양이 말했지요.

"당신이 원하는 것이 털이라면 그렇게 바싹 깎지 마세요. 내 살을 원한다면 당장 잡으시고 조금씩 조금씩 괴롭혀 죽이질 마세요."

103
공허한 소동

사자와 나귀가 짝이 되어 사냥을 갔습니다. 염소들이 들어 있는 동굴에 다다랐을 때 사자는 입구에 서서 그들이 밖으로 나오는 것을 지켜보았습니다. 나귀는 염소들 한가운데로 소리를 지르며 돌진해서 밖으로 쫓기 위해 굴 속으로 들어갔습니다. 사자는 염소들을 거의 모두 잡았습니다. 그러자 나귀가 나와서 자기가 염소들을 멋있게 내몰지 않았느냐고 묻는 것이었습니다.

"정말이지 네가 나귀라는 것을 몰랐다면 나도 크게 놀랐을 것이다."

하고 사자는 대답했습니다.

자기를 잘 알고 있는 사람에게 뻐기는 사람은 비웃음을 당한다는 것을 알아야 한다.

104
끼리끼리

    나귀를 사려는 사람이 한 마리를 시험하려고 끌고 가서 구유 앞에 자기 나귀들과 함께 세워놓았습니다. 나귀는 모두에게 등을 돌렸지만 딱 한 마리 예외가 있었어요. 가장 게으르고 욕심 많은 나귀였지요. 이 나귀 옆에 서서 가만히 있더랍니다. 그러자 그 사람은 나귀에게 고삐를 얹더니 주인에게 데려가 돌려주었습니다. 주인은 제대로 시험했다고 생각하느냐고 물었지요. 그가 대답했습니다.

    "더 시험해 보고 싶지 않아요. 제 짝패라고 골라낸 나귀와 똑같다고 확신하니까요."

사람의 인품은 그가 즐겨 사귀는 친구들의 인품으로 판단된다.

105
본전을 따져보면

집 나귀가 해바라기하고 있는 것을 본 들 나귀가 다가가서 윤기 흐르는 건강과 맛있는 먹이에 대해 치하를 했습니다. 그러나 그 뒤 들 나귀는 집 나귀가 등에 짐을 지고 가는 것을 보았지요. 마부가 뒤따르며 매질을 하는 것이었습니다. 들 나귀는 말했습니다.

"이제 치하를 할 수 없구려. 많이 먹고 대신 비싼 대가를 치러야 한다는 것을 보게 되니 말이오."

위험과 고통을 치러야 얻을 수 있는 이점은 부러워할 만한 것이 못 된다.

106
꾀가 너무 많아

소금 짐을 지고 강을 건너던 나귀가 발을 헛디뎌 물에
빠졌습니다. 그래서 소금이 녹아버렸지요. 다시 일어섰을
때 짐이 제거된 것을 알고 나귀는 굉장히 기뻤습니다. 그
래서 다음번 짐을 지고 강으로 갔을 때 나귀는 일부러 물
에 빠졌습니다. 물속으로 들어가면 전과 똑같은 일이 벌어
지리라 생각했던 것이지요. 그러나 이번엔 해면을 지고 있
었고 해면이 물을 너무나 많이 빨아들여 머리를 치켜올릴
수 없어 빠져 죽고 말았습니다.

이 우화에 나오는 나귀 같은 사람들이 있다. 제 꾀에 제가 넘어
갈 때 이들은 놀란다.

107
으쓱해진 나귀

등에 신의 조상(影像)을 세워 지고 나귀가 시내로 들어가고 있었습니다. 지나가던 사람들이 조상에게 경의를 표하자 나귀는 그것이 자기를 향한 것이라고 생각했습니다. 그는 너무나 으쓱한 기분이 되어 소리를 지르며 한 발짝도 움직이려 하지 않았습니다. 사태를 간파한 나귀 주인은 매질을 가했습니다.

"꼴값 말아."

하고 그는 외쳤습니다.

"사람들이 나귀에게 인사한다는 것은 있을 수 없어."

자기의 것이 아닌 명예를 뽐내는 사람들은 잘 아는 사람들에게 웃음거리가 되게 마련이다.

108
사자 가죽을 두른 나귀 (1)

나귀가 사자 가죽을 쓰고 다니면서 온갖 짐승들에게 겁을 주었습니다. 여우를 만나 나귀는 다른 짐승과 마찬가지로 겁을 주려 했습니다. 그러나 여우는 우연히 나귀가 내는 소리를 들었습니다.

"네가 우는 소리를 안 들었다면 나도 너를 무서워했을 게다."

하고 여우는 말했답니다.

허세를 부려 상당한 인물로 행세하려는 무지한 사람은 입을 다물고 있지 못하기 때문에 본색을 드러내는 경우가 흔하다.

109
사자 가죽을 두른 나귀 (2)

나귀가 사자의 가죽을 둘렀습니다. 그래서 사람도 동물도 그를 사자로 알고 도망을 쳤습니다.

그러나 한줄기 바람이 가죽을 벗겨 나귀를 알몸으로 만들자 모두가 달려가 막대와 몽둥이로 그를 두들기기 시작하였다는 거지요.

가난한 평민이 부자 흉내를 내서는 안 된다. 그렇게 하면 조롱받고 위험한 지경에 이른다. 그 누구도 남의 것을 자기 것으로 만들지는 못하기 때문이다.

110
분수를 알아야지

어떤 사람에게 몰티즈 개*와 나귀가 있었습니다. 그는
이 개와 늘 같이 놀고, 외식을 할 때면 무엇인가 먹을 것
을 가져다주었습니다. 다가와서 아양을 떠는 이 개에게 말
이지요. 나귀는 시샘을 했습니다.

어느 날 나귀는 주인에게 달려와 그 옆에서 뛰놀았습니
다. 그 결과 주인은 나귀에게 차였고 이에 화가 난 주인은
하인들에게 나귀를 매질해 몰고 가서 구유에 매어놓으라고
일렀습니다.

* 지중해 몰타 섬 원산의 애완용 개.

자연은 우리 모두에게 동일한 힘을 준 것이 아니다. 어떤 사람들
은 할 수 없는 것들이 있다.

111
치료는 의사가

풀밭에서 풀을 뜯고 있다가 나귀는 이리가 자기에게 달려오는 것을 보고 절름발이 시늉을 했습니다. 이리가 다가와서 왜 다리를 저느냐고 묻자 나귀는 울타리를 뛰어넘다 가시를 밟았다고 대답하였습니다. 그리고 자기를 잡아먹기 전에 가시를 빼라고 충고하였습니다. 가시가 목에 걸리지 않도록 말이지요.

이리는 함정에 빠져 나귀의 발을 들어 올렸습니다. 이리가 골똘히 나귀 발굽을 살피고 있을 때 나귀는 이리의 입을 발길로 차서 이빨을 빠뜨렸습니다. 한심한 지경에 빠진 이리는 말하였습니다.

"이렇게 되어 싸지. 아버지는 내게 백정 일을 가르쳐주었으니 의사 일에 참견하는 것이 아니었는데."

직접 관계 없는 일에 참견하는 사람은 난처한 지경에 빠지게 마련이다.

112
누가 주인 되건 마찬가지

가난한 사람들은 대개 정부의 변화가 주인을 바꾼 것에
지나지 않는다는 것을 알게 된다. 다음에 나오는 조그만
일화는 이러한 진실의 예증이다.

소심한 노인이 목초지에서 나귀에게 풀을 뜯기고 있었습
니다. 갑자기 적군의 고함 소리가 나서 그는 놀랐습니다.
그가 외쳤습니다.

"빨리 도망쳐라. 그들에게 붙들리지 않도록."

그러나 나귀는 서두르지 않았습니다.

"만약 내가 정복자의 손에 들어간다면 내게 짐을 두 곱
으로 지울까요?"

하고 나귀가 물었습니다.

"그러진 않겠지."

하고 노인은 대답했지요.

"여느 때의 짐을 지기만 하는 것이라면 주인이 누가 되
건 내게 무슨 상관이 있습니까?"

하고 나귀는 말하는 것이었습니다.

113
경계는 경비

농부가 사나운 날씨로 자기 농장에 갇혀 있었습니다. 나가서 먹을 것을 구하지 못해 그는 먹이던 양을 잡아먹기 시작했습니다. 폭풍이 여전히 계속되어 그 다음엔 염소 차례가 되었지요. 비가 그치지를 않아 마침내 농부는 밭갈이 황소를 잡지 않으면 안 되었습니다. 농부의 소행을 지켜보던 개들이 서로 얘기를 나누었습니다.

"우리가 도망을 치는 것이 좋겠다. 주인이 함께 일하는 황소조차 내버려 두지 않는다면, 어떻게 그가 우리에게 손대지 않기를 기대할 수 있단 말인가?"

자기 친구를 학대하는 사람들을 무엇보다도 경계하라.

114
게으름을 가르치다

어떤 사람이 개 한 마리를 사냥개로 훈련시키고 또 한 마리는 그저 집개로 먹였습니다. 사냥하다 사냥감을 잡아올 때마다 집개도 한몫 차지했기 때문에 사냥개는 몹시 불평을 했습니다.

"너는 아무 일도 않고 내 노동의 과일을 편히 먹고 사는데 나는 나가서 고생한다는 것은 공평치 못해."

하고 사냥개는 말했지요. 집개는 말하는 것이었습니다.

"나를 탓하지 말게. 그건 주인 잘못이야. 내게는 일을 가르쳐주지 않고 남이 일해서 생긴 것을 먹는 것만 가르쳐 주었으니까."

어린이들의 경우도 마찬가지다. 부모들이 나태하게 기른다면 게으르다고 아이들을 나무랄 수 없다.

115

실상이 반드시 겉보기와 같지는 않다

달걀 먹기를 좋아하는 개가 있었습니다. 어느 날 조개를 달걀로 잘못 알고는 입을 크게 벌려 단번에 삼켜버렸습니다. 무거운 것이 들어가니 배가 몹시 아파왔습니다.

"동그란 것은 모두 달걀이라고 생각했으니 이래서 싸지."

하고 개는 말하는 것이었습니다.

판단하지 않고 덤비는 사람은 뜻하지 않은 이상한 위험을 자초하게 마련이다.

116
공짜를 좋아하다가

어떤 사람이 친구를 만찬에 초대해서 접대할 준비를 하고 있었습니다. 그런데 그 집 개가 친구 개를 초대해서 식사를 함께 하자고 했습니다. 친구 개가 도착해서 준비된 성찬을 보았을 때 그의 마음은 기뻐서 큰 소리를 질렀습니다.

"이게 웬 공떡이란 말인가!"

하고 개는 혼잣말을 했습니다.

"실컷 먹자꾸나! 내일도 온종일 배가 부르도록 잔뜩."

친구의 친절에 대한 믿음을 표시하기 위해 개는 계속 꼬리를 쳤습니다. 그러나 그 개 꼬리가 이리저리 흔들릴 때 숙수*가 개를 보았지요. 숙수는 즉각 다리를 잡고 문 밖으로 내던졌습니다. 개는 깽깽거리며 집으로 갔습니다.

"만찬이 어떻던가?"

하고 도중에 만난 개가 묻는 것이었습니다.

"술이 아주 많아서 과음을 했다네."

하고 그 개는 대답했습니다.

"너무 취해서 어떻게 집을 나왔는지도 모르겠네."

* 음식 만드는 이.

136

남의 잔치로 생색을 내려는 사람을 믿는다는 것은 좋은 방책이
못 된다.

경험에서 오는 이득

농장의 건물 앞에서 개가 잠을 자고 있는데 이리가 들이닥쳤습니다. 하마터면 잡혀 먹힐 뻔했지요. 그러나 당장 그러지 말라고 개는 이리에게 간청했습니다.

"지금은 비쩍 말랐거든요. 조금만 기다리면 우리 주인 집에서 결혼 잔치가 벌어져요. 그때 잔뜩 먹어 살을 찌워 놓으면 훨씬 푸짐한 먹이가 될 거 아닙니까?"

하고 말했던 것이지요. 이리는 식사 연기에 동의하고 자리를 떴습니다. 한참 후 이리가 다시 왔습니다. 건물 지붕에서 잠을 자고 있는 개를 향해, 내려와서 약속을 지키라고 이리는 소리쳤습니다.

"다시 내가 땅바닥에서 자는 것을 보게 되거든 결혼 잔치 같은 것은 기다리지 말아요."

하고 개는 대답하는 것이었습니다.

지혜로운 사람이 위험한 지경에서 벗어나게 되면 평생 동안 그 비슷한 위험에 대해선 경계를 한다.

118
실체와 그림자

입에 고깃점을 물고 개가 강을 건너가고 있었습니다. 물 속의 제 그림자를 본 개는 그것이 더 큰 고깃점을 물고 있는 다른 개라고 생각했습니다. 물고 있던 고깃점을 떨어뜨리고 다른 개 것을 채 가지려고 펄쩍 뛰었습니다. 하나는 본래 없던 것이고 제 것은 떠내려가고 말았습니다.

가진 것 이상을 항시 원하는 사람들에게 무슨 일이 생기는가를 보여주고 있다.

119
실상을 모르고

몰래 사람을 무는 버릇을 가진 개가 있었습니다. 그래서 가까이 오면 누구나 알 수 있도록 주인이 목에다 방울을 달아 매었습니다. 개는 방울을 딸랑거리며 여봐란 듯이 시장으로 갔습니다.

"왜 그리 뽐내는 거야?"

하고 늙은 암캐가 묻는 것이었습니다.

"네 방울을 잘했다고 매준 게 아니야. 알뜰하게 숨겨 왔던 네 고약한 성품이 드러났기 때문에 달고 다니는 거야."

야바위꾼의 허세는 숨겨 둔 죄를 드러나게 할 뿐이다.

120
쫓아오는 자를 쫓다

우연히 보게 된 사자를 사냥개가 쫓아가기 시작했습니다. 그러나 사자가 몸을 돌려 으르렁거리기 시작하자 사냥개는 겁이 나서 뒷걸음질치며 물러섰습니다. 그를 본 여우가 말하는 것이었지요.

"이 무용지물아, 사자를 쫓아가던 주제에 으르렁 소리조차 견디지를 못하다니."

여기 나오는 개와 같은 사람들이 있다. 건방지게 자기보다 강한 사람들을 중상한다. 그러나 희생자들이 딱 버티고 있으면 이들은 재빨리 주저앉는다.

121
흥미 없어요

함께 길을 가다 나귀와 개가 땅바닥에 떨어져 있는 봉해진 종이를 보았습니다. 나귀는 그것을 주워 봉함을 뜯고 큰 소리로 읽기 시작했습니다. 개는 듣고 있었어요. 그것은 건초, 보리, 밀겨와 같은 먹이를 다루고 있는 것이었습니다. 듣고 있는 것이 제 마음에 안 들어 개는 말했습니다.

"이보게, 좀 더 아래쪽을 보게나. 조금 건너뛰어 읽으면 고기나 뼈다귀 얘기가 나올지도 모르니까."

그러나 나귀가 다 읽어나갔지만 그런 것은 적혀 있지 않았습니다.

"내버리게. 아무짝에도 소용없는 쓰레기 감이야."

하고 개는 소리치는 것이었지요.

122
거짓 아양

양치기에게 큰 개가 있었어요. 뱃속에서 죽어 나온 갓난 새끼 양이나 다 죽어가는 양을 던져주고는 했지요. 어느 날 양 떼가 우리로 들어갔을 때 양치기는 개가 몇몇 양에게로 다가가서 아주 귀엽다는 듯이 어르는 것을 보았습니다.

"야, 이놈아!"

하고 그는 소리쳤습니다.

"네 속을 뻔히 안다. 네가 양에게 일어나기 바라는 일이 네게 일어나기를 나는 바라고 있다."

123
한 눈을 뜨고 자다

대장장이에게 개가 한 마리 있었지요. 주인이 일하면 잠을 자다가 식사 때가 되면 주인 곁에 서 있었지요. 뼈다귀를 하나 던지며 주인은 말했습니다.

"잠꾸러기야, 내가 모루를 치면 잠을 자다가도 내가 이빨을 움직이면 너는 곧 깨어나누나!"

이 얘기는 남의 땀에 기대어 사는 게으른 잠꾸러기를 웃음거리로 삼고 있다.

124
썩지 않음

갑작스러운 선심을 바보는 기뻐하지만 경험 많은 사람은 함정에 빠지지 않는다.

밤중에 들른 도둑이 빵 조각을 집개에게 던져주었습니다. 먹을 것을 주어 경계를 늦출 수 있을까 알아보기 위해서였지요.

"관두시오!"

하고 개는 말했습니다.

"내 입을 틀어막을 작정이오? 내 주인을 보호하지 못하도록 말이오? 그건 오해입니다. 당신이 갑자기 친절해지면 정신을 바짝 차려서 무엇이든 들고 가지 않도록 지켜야 한다는 것을 나는 알고 있거든요."

125
구유 속의 개

구유 속에 누워 있는 개가 보리를 먹지도 않으면서 보리를 먹는 말이 가까이 오는 것도 못하게 하는 것이었습니다.

126
큰 차이

개가 토끼를 숲에서 쫓았습니다. 익숙한 사냥개였지만 재빠른 발에 뒤지고 말았지요. 염소지기가 개를 비웃었습니다.

"저렇게 조그만 것이 너보다 빠르구나!"

개는 대답하는 것이었습니다.

"무얼 잡으려고 달리는 것과 걸음아 날 살려라 하고 달리는 것은 전혀 다르지요."

127
비명을 지르는 까닭

돼지가 양 떼에 끼어서 함께 풀을 뜯어먹었습니다. 어느 날 양치기가 돼지를 손에 잡았고 돼지는 비명을 지르며 몸부림을 치기 시작했습니다. 양들은 소리를 지른다고 흉을 보았습니다.

"저이는 가끔 우리를 손에 잡지만 야단치지는 않는단 말야."

하고 양들이 말했습니다.

"너희들을 손에 잡는 것은 전혀 달라."

하고 돼지가 말했지요.

"너희들의 털이나 젖을 탐내서 그러지만 내게선 고기를 탐내니까."

위험에 처한 것이 재산이 아니라 목숨일 때 사람은 소리 지르게 마련이다.

졸속주의

암퇘지와 암캐가 누가 더 쉽게 새끼를 낳는가를 두고 말
씨름을 하였습니다. 암캐는 다른 어떤 네발짐승보다도 자
기가 새끼를 빨리 낳는다고 내세웠습니다.

"그건 좋아요."

하고 암퇘지가 받았습니다.

"그러나 당신 강아지는 갓 태어났을 때 눈이 안 보이잖
아요."

세상 일은 속도가 아니라 완벽성으로 판단이 된다.

129
분수를 모르고

    돌고래와 고래가 끈질기게 죽기살기로 싸움을 하고 있는데 조그만 바다 피라미가 떠올라 오더니 사화(私和)를 시키려 하는 것이었습니다. 돌고래 하나가 이렇게 말하며 물리쳤습니다.

    "네까짓 것이 끼어들게 하느니 차라리 서로 죽을 때까지 싸움질을 하겠다."

    싸움에 끼어들 때 아무것도 아닌 사람들이 무엇이나 되는 것처럼 생각한다.

130

약자를 깔보지 마라

독수리에게 쫓기고 있던 토끼에게 구조가 절실했습니다. 눈에 띄는 것이라고는 쇠똥구리밖에 없어 거기다 도움을 호소했습니다. 쇠똥구리는 토끼에게 용기를 내라고 했지요. 그리고 독수리가 다가오는 것을 보고는 자기에게 보호를 부탁해 온 토끼를 살려주라고 청했습니다. 그러나 조그만 벌레를 깔보고 그의 면전에서 독수리는 토끼를 잡아먹었습니다.

이 때문에 쇠똥구리는 독수리에게 앙심을 품고 어디에다가 둥우리를 치는가를 계속 지켜보았습니다. 독수리가 알을 깔 때마다 쇠똥구리는 둥우리로 날아 올라가 알을 굴려 내려 부숴버렸습니다. 기둥에서 장대로 쫓기다가 독수리는 마침내 제우스에게 도망가서 자기에게 ─ 제우스 자신에게 바쳐진 성스러운 새인 ─ 알을 품고 새끼를 깔 장소를 달라고 간청했습니다. 제우스는 자기 무릎에 알 까는 것을 허용해 주었습니다. 그러나 쇠똥구리는 이것을 알고 쇠똥을 굴려 공을 만들어 제우스 위로 높이 날아가 그의 무릎에 떨어뜨렸습니다. 생각할 겨를도 없이 제우스는 쇠똥을 털어 내리려 일어났고 그 바람에 독수리의 알을 내버렸습니다.

그때부터 쇠똥구리가 나다니는 철에는 독수리가 둥지를 치지 않았답니다.

누구라도 업신여기지 말라는 경고이다. 아무리 약자라도 진흙 속에서 짓밟으면 언젠가 앙갚음하는 길을 찾게 된다.

훈계보다 실례를

어미 게가 아들에게 옆으로 걷거나 젖은 돌에 옆구리를
비비지 말라고 말했습니다.

"좋아요, 어머니."

하고 아들 게가 말했습니다.

"제게 가르치려 하시니 어머니부터 똑바로 걸어보세요.
잘 지켜보고 따를 테니까요."

홍보는 사람들은 남에게 훈계하기 전에 똑바로 걷고 올바로 살아
야 한다.

132
확실한 증거

매미가 높은 나무에 앉아서 울었습니다. 매미를 잡아먹고 싶은 여우는 꾀를 내었습니다. 여우는 매미를 보고 서서 그 아름다운 목소리를 칭찬했습니다. 그러고 나서 내려오라고 말하는 것이었어요. 목청이 크기도 하니 몸집은 얼마나 큰지 보고 싶다는 것이었습니다. 그러나 매미는 함정에 빠지지 않았습니다. 나뭇잎을 따서 떨어뜨렸습니다. 매미임을 믿어 의심치 않은 여우는 달려나갔습니다.

"내가 내려간다고 생각했으면 잘못이지요."

하고 매미는 말하였습니다.

"여우 똥 속에서 매미 날개를 보고 나서부터 여우를 경계해 왔으니까요."

지각 있는 사람들은 이웃의 불행으로부터 지혜를 배운다.

133

사자에게 대들다

모기가 사자에게로 가 말하였습니다.

"난 당신이 조금도 무섭지 않아요. 나보다 나을 게 없어요. 나은 게 있다면 말해 봐요. 아마 발톱으로 할퀴고 이로 물겠지요. 남편과 다투는 아내라면 누구나 그 정도는 할 수 있지요. 내가 당신보다 훨씬 세단 말이오. 마음 내킨다면 겨뤄보자구요."

그러더니 나팔을 불면서 모기는 사자에게 찰싹 붙어서 콧구멍 둘레의 털 나지 않은 부분을 물었습니다. 사자는 발톱으로 제 몸을 상처 내고는 싸움에서 물러났습니다. 의기양양한 모기는 나팔을 다시 불며, 승리의 콧노래를 부르며 날아갔습니다. 그러나 모기는 거미줄에 걸리고 말았습니다. 잡혀 먹히면서 모기는 가장 강한 동물과 싸울 수 있는 생물을 거미와 같이 하찮은 벌레에게 먹히도록 허용한 운명의 장난을 슬퍼했습니다.

134
이러나저러나

모기가 황소 뿔에 내려 앉았습니다. 오랫동안 앉아 있다 옮기고 싶은 생각이 들자 모기는 이제 자기가 떠나가기를 바라느냐고 황소에게 물어보았습니다.

"난 네가 왔을 때도 눈치 채지 못했단다. 네가 날아가도 눈치 채지 못할 게다."

하고 황소는 대답했습니다.

어떤 사람들은 너무나 미약해서 있건 없건 차이가 없다. 선행도 해코지도 하지 못하니 말이다.

135
그게 아니었는데

꿀벌들은 벌꿀을 자기들 재산이라 여기기 때문에 사람들에게 꿀 빼앗기는 것을 아주 원통하게 생각하였습니다. 그래서 제우스에게로 가서 벌통으로 접근하는 사람은 누구나 벌침으로 죽일 수 있는 힘을 내려달라고 탄원했습니다. 제우스는 꿀벌들의 고약한 성품에 몹시 화가 나서 벌침을 쓰고 나면 벌침을 잃게 될 뿐만 아니라 목숨까지도 잃게 벌 주었습니다.

자기에게 해가 오리만큼 악의를 품고 있는 사람들에 대한 적절한 꾸지람이다.

136
개미가 도둑인 까닭

개미의 조상은 사실은 사람이었습니다. 그는 농부였는데 자기 노동의 과일에 만족하지 못하고 이웃의 소출을 부러움에 찬 눈으로 바라보고 그것을 훔치기를 계속하였습니다. 농부의 탐욕에 제우스가 너무 화가 나서 우리가 개미라 하는 곤충으로 바꾸어버렸습니다. 그러나 몸뚱이가 바뀌었는데도 그의 성품은 그대로였습니다. 오늘에도 그는 여기저기 들판으로 쏘다니며 남의 밀과 보리를 거둬들여 제 것으로 쌓아두고 있는 것이지요.

이 우화는 가장 혹독한 처벌조차도 고약한 사람의 본래 성격을 바꾸지 못한다는 것을 나타내고 있다.

137

게으름뱅이여, 개미한테 가보라 (1)

개미가 여름내 들판을 뛰어다니며 겨울에 대비하여 밀과 보리알을 모았습니다. 그것을 본 쇠똥구리는 다른 것들이 휴가를 즐기며 일하지 않고 쉬는 시절에도 열심히 일하는 개미의 부지런에 놀라움을 표시했습니다. 그때 개미는 속으로 할 말이 있었지만 그냥 잠자코 있었습니다. 겨울철이 되고 비 때문에 쇠똥이 사라지자 굶어 죽을 판국이 된 쇠똥구리가 들러, 먹을 것을 좀 달라고 개미에게 간청했습니다.

"너도 일을 했어야지."

하고 개미는 대꾸했습니다.

"내가 열심히 일할 때 비웃는 대신에 말일세. 일을 했더라면 지금 먹을 게 없을 리 없지."

개미는 사람들에게 넉넉한 시절에 뒷날 생각을 할 것을 가르쳐주고 있다. 시절이 변하여 곤궁에 빠지는 일이 없도록 말이다.

138
게으름뱅이여, 개미한테 가보라 (2)

겨울이었습니다. 개미가 저장한 곡식이 젖어서 말리기 위해 그것을 펴 널고 있었습니다. 배고픈 매미가 먹을 것을 달라고 부탁을 했지요.

"왜 너는 우리처럼 여름에 먹을 것을 모아두지 않았니?"

하고 개미가 말했습니다.

"노래 부르느라고 시간이 없었거든."

하고 매미가 대답했습니다. 개미가 코웃음을 쳤습니다.

"여름에 노래했으니 겨울에는 춤이나 추렴."

곤궁과 위험을 피하려면 매사에 게으르지 않도록 하라.

139
돌아오는 선행

목마른 개미가 냇물로 기어갔다가 물살에 휩쓸려 떠내려
갔습니다. 빠져 죽을 것 같은 개미를 보고 비둘기가 나뭇
가지를 꺾어 물 위로 던졌습니다. 개미가 그 가지 위에 올
라서 목숨을 구했습니다.

그 뒤 포수가 와서 끈끈이 바른 장대로 비둘기를 잡으려
했습니다. 개미가 그를 보고 발을 물었습니다. 아파서 포
수는 장대를 떨어뜨렸고 그 바람에 비둘기는 놀라서 달아
났습니다.

140
나무뿌리에는 도끼가 간다

전나무와 가시덤불이 말싸움을 벌이고 있었습니다. 전나무는 한참 제 자랑을 늘어놓았지요.

"나는 보기 좋고 키가 크지. 사원의 지붕과 배를 만드는 데 필요하거든. 어떻게 네가 나와 비교가 된단 말이냐?"

그러자 가시덤불이 대꾸하는 것이었습니다.

"그러나 너를 베어버리는 도끼와 톱을 기억하게. 그러면 가시덤불이 부러워질걸."

이승에서 아무도 뽐내서는 안 된다. 안전하게 사는 이는 하잘것 없는 사람이기 때문이다.

141
폭풍 앞에 굽히기

갈대와 감람나무가 서로 힘 자랑과 참을성 자랑을 하고
있었습니다. 허약하고 바람에 쉬 굽힌다는 감람나무의 꾸
지람을 듣고 갈대는 잠자코 있었지요.

곧 센 바람이 불어 닥쳤습니다. 돌풍에 이리저리 불리고
굽힘으로써 갈대는 어렵지 않게 폭풍을 이겨냈습니다. 그러
나 버티던 감람나무는 바람의 힘에 부러지고 말았습니다.

자신이 처한 상황을 받아들여 더욱 센 힘에는 굽히라는 교훈이
다. 이것이 돌부리를 차는 것보다 낫다.

142
지지 않는 전설 속의 꽃

장미 곁에 아마란트*가 자랐습니다.

"참 곱기도 하지."

하고 아마란트가 장미에게 말했습니다.

"신이 보기에도 또 사람이 보기에도 얼마나 탐날까! 아름다움과 향기를 축하해요."

"그러나 내 목숨은 짧아요."

하고 장미가 대답하는 것이었습니다.

"아무도 나를 자르지 않더라도 나는 시들고 말지요. 그런데 당신은 계속 꽃을 피우고 또 항시 지금처럼 싱싱하지요."

* 시들거나 지는 법이 없다고 알려진 전설 속의 꽃.

적은 것에 만족하며 오래 사는 것이 잠시 호강하다가 불행이나 죽음을 당하는 것보다 낫다.

143
부드러운 설득 방법

북녘 바람과 태양이 누가 더 센가로 말싸움을 벌였습니다. 그래서 나그네의 옷을 벗기는 쪽을 승자로 하는 데 의견을 같이 했습니다.

바람 차례가 먼저였습니다. 그러나 그 심한 돌풍은 나그네로 하여금 옷을 바짝 조여 입게 만들 뿐이었습니다. 북녘 바람이 더욱 세게 불자 추위로 몸이 단 나그네는 가외로 외투까지 걸쳤습니다. 마침내 바람은 싫증이 나서 차례를 태양에게로 돌렸습니다.

처음엔 그저 따뜻할 정도로만 햇볕을 주어 나그네는 외투를 벗었습니다. 이어서 아주 뜨겁게 열을 내어 더위를 이기지 못한 나그네는 옷을 벗었고 근처의 강으로 목욕을 하러 갔습니다.

설득은 맨 힘보다 더욱 효과적이다.

봄과 겨울

겨울이 봄을 보고 비아냥거렸습니다.

"네가 나타나면 아무도 신중하게 있지를 못해. 어떤 이들은 풀밭이나 숲으로 가지. 필시 백합이나 그런 꽃을 꺾고 있을 거야. 꼼꼼히 살피려 장미꽃을 만지작거리거나 머리에 꽂거나 하고 있을 거야. 또 어떤 이들은 배를 타고 넓은 바다를 건너 아마 다른 나라를 찾아갈 거야. 바람이나 소나기를 걱정하지도 않고 말이야. 그런데 나는 지배자나 독재자와 같아. 나는 사람들에게 하늘을 올려다보지 말고 두려움에 몸을 떨면서 땅을 내려다보라고 이르지. 사람들은 때때로 하루 종일 집 안에 눌러 있어야 하기도 해."

"그렇고말고. 그러니까 사람들은 네가 사라지기를 바라는 거야."

하고 봄이 대꾸했습니다.

"그러나 나는 달라. 사람들은 내 이름이 참 사랑스럽다고 생각해. 아무렴, 제우스 신에 맹세코, 모든 이름 가운데 가장 사랑스럽지. 내가 없으면 사람들은 나를 그리워하고 내가 다시 나타나면 아주 기뻐들 하는 거야."

145
쉽게 고치기

강물들이 함께 모여서 바다에 대해 불평했습니다.

"우리가 민물로 바다로 들어가는데 왜 우리를 소금으로 만들어 못 마시게 한단 말예요?"

하고 강물들이 말하는 것이었지요. 이렇게 탓하는 소리를 듣고 바다가 대답했습니다.

"오지 마시오. 그러면 소금이 안 될 터이니."

이 우화는 사실상의 은인에 대해서 가당찮은 비난을 하는 사람을 풍자하고 있다.

146
배 덕에 하는 행진

　배와 발이 서로 기운 자랑을 하며 말다툼을 하고 있었습니다. 발이 배보다 훨씬 기운 세다고 계속 우겼습니다. 배를 실상 끌고 다닌다는 것이었지요.
　"좋은 얘길세. 그러나 내가 영양분을 대주지 않으면 자넨 나를 끌고 다니지 못할 걸세."
　하고 배가 대답했습니다.

147
경건함을 모르는 행상

어떤 사람이 헤르메스*의 목각(木刻)을 만들어 시장에 나가 팔려고 했습니다. 살 작자가 나서지 않자 그는 사람에게 축복을 내려 잘살게 해주는 신을 팔려고 내놓았다고 외쳐댔습니다.

"그래요?"

하고 한 구경꾼이 말했습니다.

"그렇다면 왜 그를 팔려고 하는지요? 그를 간수해서 그의 도움으로 득을 보는 것이 더 지각 있는 일이지요."

"그러나 내게 필요한 것은 당장 쓸 수 있는 현금이오. 사람의 호주머니에 그가 무엇인가 집어넣으려면 시간이 걸리거든요."

* 신들의 심부름꾼으로서 과학과 변설의 신.

이 얘기에 나오는 사람은 득이 되는 것을 위해서는 어떤 일에도 몸을 굽히고 신에 대한 생각을 않는 그러한 인총 중의 하나이다.

148
심판하는 그대는 누구인가?

　배가 가라앉는 것을 본 사람이 온통 신의 불공평에 대해서 항의를 하는 것이었습니다. 신에 대해 경건한 마음 없는 사람이 하나 탔기 때문에 죄 없는 사람들까지 죽게 한다는 것이었지요. 그렇게 말할 때 그 사람은 거기 있었던 개미 떼 중 한 마리에게 물렸습니다. 한 마리가 공격해 온 것뿐이었지만 그는 개미 떼 모두를 밟아버렸습니다. 이에 헤르메스가 나타나 막대로 그 사람을 찌르며 말하는 것이었습니다.

　"그대가 개미 떼를 심판하듯이 신들이 인간을 심판하도록 하는 것이 어떠한가?"

재앙 있는 날 신을 모독하지 말고 겸손히 자신의 잘못을 검토하도록 하라.

149
인간이라는 놀라움

전설에 따르면 인간보다 동물들이 먼저 창조되었습니다. 그리고 제우스 신은 동물들에게 기운 셈과 발 빠름 혹은 빨리 날음과 같은 갖가지 힘을 부여하였습니다. 신 앞에 벌거숭이로 서서 인간은 자기만 이러한 재능을 부여받지 못했다고 투덜대었습니다.

"그대는 부여받은 것을 제대로 알지 못하고 있다. 이성이란 재주 말이다. 이성은 하늘에서도 땅 위에서도 전능한 것이고 강자보다 힘센 것이며 빠른 자보다도 더 재빠른 것이다."

하고 제우스 신은 말했습니다. 인간은 베풀어 받은 것을 깨닫고 숭배심과 감사의 마음으로 차서 그곳을 떠났다는 것입니다.

모든 인간들이 이성이란 재능을 신에게서 특혜받았음에도 불구하고 어떤 이들은 이러한 특권을 알아차리지 못하고 지각 능력과 이성적 사고를 갖지 못한 동물들을 부러워한다.

150
성취된 성급한 기도

소몰이가 풀을 뜯기고 있던 소 떼 중 송아지 한 마리를 잃어버렸습니다. 도둑을 잡기만 하면 제우스 신에게 새끼 양을 제물로 바치겠다고 그는 맹세하였습니다. 숲 속으로 가다가 소몰이는 사자가 송아지를 먹고 있는 것을 보고 외쳤습니다.

"제우스님, 도둑을 찾아내면 제단에 새끼 양을 바치겠다고 전에 약속드렸습니다. 이제 도둑의 발톱에서 벗어나면 황소를 바치겠습니다."

어려움에 처해 어떤 사람들은 손에 넣기만 하면 내버리고 싶은 것을 내려달라고 기도하는 경우가 많다.

151
싸구려

　인간들이 자기를 얼마만큼 평가하는지 알고 싶어 헤르메스는 사람 형상을 하고 조각가의 작업장으로 갔습니다. 제우스의 조상을 보고 그는 값을 물어보았습니다.

　"일 드라크마요."

　하고 주인은 말했습니다. 웃으면서 헤르메스는 헤라의 조상에 대해 똑같은 질문을 했습니다. 제우스 상보다 조금 비싸다는 대답이었습니다. 마침내 자신의 조상이 눈에 뜨였습니다. 제우스 신의 심부름꾼이자 소득의 신이니만큼 이러한 두 겹의 성격 때문에 인류에게 숭상받으리라 생각하고 그는 물어보았습니다.

　"헤르메스 상은 얼마요?"

　"네, 다른 두 개를 산다면 거저 끼워드리겠어요."

　하는 것이 대답이었습니다.

이 얘기는 타인들이 대수롭게 여기지 않는 우스꽝스러운 자랑쟁이를 비웃고 있다.

152
거짓을 가득 싣고

옛날 헤르메스가 거짓과 고약함과 속임수를 가득 실은 수레를 끌고 세계 도처를 다녔습니다. 나라마다 짐을 조금씩 나누어주면서 말이지요. 그러나 아랍인의 나라로 가니 수레가 갑자기 산산조각이 났다는 것입니다. 그래서 주민들이 마치 보물이기나 한 것처럼 짐을 마구 약탈해 갔답니다. 그래서 헤르메스가 다른 곳으로 끌고 갈 것이 하나도 안 남았다는 것이지요.

아랍인들은 지상 최대의 거짓말쟁이요 야바위꾼들이다. 아랍인들은 참말을 할 줄 모른다.

153
거인은 멍청이

　제우스 신이 사람들 형상을 만들어놓고 나서 거기다가 지능을 집어넣으라고 헤르메스에게 일렀습니다. 헤르메스는 그것을 재는 그릇을 만들어 똑같은 양의 지능을 모든 사람에게 집어넣었습니다. 그것은 조그만 사람을 가득 채우기에 넉넉하였고 그래서 이들은 똑똑해졌습니다. 그러나 몸집이 큰 사람의 몸뚱이 전체로 침투하기엔 너무나 적은 분량이었습니다. 그래서 그들은 조금 미련해졌다는 것이지요.

154
희망만이 남다

제우스 신이 삶 가운데서 좋다는 모든 것들을 항아리에
담아 뚜껑을 닫고 어떤 사람에게 간수를 맡겼습니다. 속에
든 것이 궁금해서 그 사람은 뚜껑을 열었습니다. 들어 있
던 것들은 곧장 공중으로 날아 올라가 땅을 떠나 하늘로
가버렸습니다. 오직 희망의 여신만이 남게 되었습니다. 그
사람이 뚜껑을 다시 닫았을 때 희망의 여신은 갇히게 되었
기 때문입니다.

인류가 잃어버린 축복의 회복을 약속해 주는 것이라고는 희망의
여신밖에 없다.

155
개선의 여지

제우스 신은 황소를 만들고, 프로메테우스는 사람을, 아테나*는 집을 만들었습니다. 이들은 모무스**를 골라 자기들의 솜씨를 심판받기로 했습니다.

모무스는 솜씨를 시샘해서 모든 것을 흉보기 시작했습니다. 뜨는 대상을 볼 수 있도록 황소의 눈을 뿔 속에 박지 않은 것이 제우스의 잘못이라고 말했습니다. 프로메테우스는 사람의 마음을 몸 바깥에 붙였어야 했다고 말했습니다. 그래야 사람 생각을 볼 수 있고 고약함을 숨기지 못한다는 것이었지요. 아테나로 말하면 집을 수레바퀴 위에 올려놓았어야 했다는 것이었습니다. 악당이 이웃에 왔을 때 쉽게 이사할 수 있도록 말이지요. 제우스 신은 이러한 악의의 표출에 화가 나서 모무스를 올림포스 산에서 추방하였습니다.

* 아테나이의 수호신으로 지혜, 예술, 학예, 전쟁의 여신.
** 비난과 조롱의 신.

결함을 찾을 수 없도록 훌륭한 것은 없다.

156
정직이 최상의 정책이다

강가에서 나무를 베던 사람이 물속에 도끼를 잃어버렸습니다. 어찌할 수 없어 그는 강둑에 앉아 울기 시작하였습니다. 헤르메스가 나타나서 웬 까닭이냐고 물었습니다. 사나이가 안됐다는 생각이 들어 헤르메스는 강물로 들어가 금도끼를 가지고 나와 그것이 잃어버린 것이냐고 물었습니다. 나무꾼이 아니라고 하자 헤르메스는 다시 강물로 들어가 은도끼를 가지고 나왔습니다. 나무꾼은 그것도 아니라고 했지요. 그는 세 번째로 잠수하더니 나무꾼의 도끼를 가지고 나오는 것이었습니다.

"이게 제 것입니다."

하고 나무꾼은 말했지요. 헤르메스는 그의 정직함에 마음이 기뻐져 나머지 두 개도 나무꾼에게 선물로 주었습니다. 나무꾼이 동료들과 어울렸을 때 그는 자기 경험을 들려주었습니다.

그러자 동료의 하나가 비슷한 횡재를 올릴 수 있다고 생각하였습니다. 그는 강으로 가서 일부러 도끼를 던져버리고 앉아서 울었습니다. 헤르메스가 다시 나타났지요. 사연을 듣고 난 헤르메스는 잠수해서 아까처럼 금도끼를 끄집어내더니 잃어버린 것이냐고 묻는 것이었습니다.

“예, 바로 그것입니다.”

하고 그 사람은 신이 나서 소리쳤습니다. 그의 태연한 뻔뻔스러움에 충격을 받은 신은 금도끼를 주기는커녕 그의 도끼조차 찾아주지를 않았답니다.

이 우화는 하늘이 정직한 사람을 도와줄 뿐 아니라 악한을 방해할 작정임을 보여준다.

157
신의 불찰일까요?

긴 여행 끝에 지쳐버린 사람이 우물가에 몸을 내던지고 잠이 들었습니다. 그는 우물 속에 막 빠지려는 위험에 처해 있었는데 그때 행운의 여신이 나타나서 그를 깨웠습니다.

"만약 당신이 우물에 빠졌다면 자기 불찰을 탓하기보다 나를 탓했을 것이오."

자기 잘못 때문에 불행하게 된 많은 사람들이 신을 탓한다.

158
유예 없음

친구의 돈을 맡아놓았던 사람이 친구에게서 그 돈을 빼가지려 하였습니다. 친구가 그렇다면 선서를 하고 빚진 바 없음을 밝히라고 도전하자 시골로 가는 것이 안전하다고 생각하였습니다. 성문에 이르러 그는 한 절름발이가 시내를 빠져나가는 것을 보고 누구이며 어디로 가는 것이냐고 물어보았습니다.

"선서의 신이 내 이름이고 나는 위증자를 처벌하러 가는 길이오."

하고 절름발이는 대답하였습니다.

"얼마나 있다가 시내로 다시 돌아오게 됩니까?"

"사십 년 아니면 삼십 년."

횡령자는 이제 주저하지 않았습니다. 그 이튿날 그는 그 돈을 맡은 바 없었다고 엄숙히 선서하였습니다. 그러나 그는 곧 절름발이와 마주치게 되었고 절름발이는 횡령자를 높은 바위에서 내동댕이치려 끌고 갔습니다. 죄인은 울먹이기 시작했습니다.

"삼십 년 후에 돌아온다더니 단 하루도 도망을 허용치 않았어요."

하고 그는 투덜대었습니다.

"그렇소. 누군가가 나를 도발할 셈이라면 나는 당장 그
날로 돌아오오."

하는 것이 대답이었습니다.

악인에 대한 신의 징벌이 언제 있을지는 아무도 모른다.

159
짐승 같은 사람들이 있는 까닭

제우스 신의 명령을 받고 프로메테우스는 사람과 짐승들을 만들어냈습니다. 짐승들이 훨씬 많은 것을 보고 제우스 신은 짐승의 일부를 다시 부수고 사람으로 만들라고 프로메테우스에게 명령했습니다. 그러나 당초 인간으로 만들어놓지 않았던 부류는 인간 형상을 하고 있기는 하지만 여전히 짐승의 마음을 지니고 있었다 합니다.

160
거짓말의 도시

사막을 질러 길을 가던 나그네가 땅을 골똘히 내려다보고 혼자 서 있는 여인을 보았습니다.

"누구신지요?"

하고 그는 물었습니다.

"나는 진실의 신이오."

그녀가 대답하였습니다.

"어째 시내를 떠나 사막 한복판에서 산단 말입니까."

"시대가 변했기 때문이오. 지난날에는 거짓말은 소수에게 한정되어 있었어요. 그러나 요즘엔 사람들과 대화를 나누다 보면 모두 거짓말쟁이지요."

진실보다 거짓이 숭상되면 인간 생활은 야비하고 형편없는 꼴이 된다.

161
안과 의사

시력이 나쁜 노부인이 눈을 고쳐주면 치료비를 내겠다고 의사에게 제의했습니다. 의사는 부인에게 연고 치료를 해 주었습니다. 그리고 연고를 바르고 나서, 부인이 눈 감고 있는 사이, 그때마다 그녀가 가진 것을 하나하나 훔쳐내기 시작했습니다. 모든 것을 다 빼내고 나서 그는 치료가 끝났다면서 합의 본 치료비를 요구하였습니다. 그러나 부인은 지불하기를 거절하였습니다. 그래서 의사는 그녀를 법관 앞에 소환하였습니다. 의사가 눈을 고쳐주면 돈을 치르겠다고 약속했으나 치료받은 후 당초보다 더 눈이 나빠졌다는 것이 그녀의 변론이었습니다.

"그가 치료를 시작하기 전엔 집 안의 모든 것을 볼 수 었었지만 이제 아무것도 보이지 않는걸요."

하고 그녀는 대답했습니다.

어떤 사람들은 부정한 소득에 너무나 골똘해 있어서 자신의 죄과의 증거를 제공해 주면서도 그것을 모르고 있다.

162
불치의 고질병

주정뱅이 남편의 아내가 남편의 결점을 치유할 계획을 꾸몄습니다. 아내는 남편이 세상모르게 취할 때까지 기다렸습니다. 곯아떨어진 남편을 어깨에 둘러메고 묘지까지 가서 내동댕이쳤습니다. 술에서 깨어났다 싶었을 때 아내는 되돌아가 묘지 대문을 두드렸습니다.

"누구시오?"

하고 남편은 소리쳤습니다. 사자를 위한 제사 음식을 가져왔다고 아내는 대답했습니다.

"난 먹을 것을 원치 않소. 마실 것을 가져오시오. 멍청이 같으니라구! 술이야말로 내게 어울리는 것이오!"

하고 남자는 말했습니다. 이에 여인은 가슴을 치면서 소리쳤습니다.

"맙소사! 궁리하고 꾸며대서 겨우 이거라니! 교훈을 주기는커녕 더 형편없이 되었구려. 당신의 결점은 이제 제 2의 천성이 되었소."

악습을 고집하는 것에 대한 경고이다. 버릇을 버리려 해도 버리지 못할 때가 오는 법이다.

163
흔한 속임수

부적과 신의 노여움을 풀어주는 방편을 판다고 공언하는 여자 요술쟁이가 있었습니다. 늘 손님이 많아서 제법 넉넉하게 살았지요. 이러한 소행 때문에 그녀는 이단이라고 기소되어 법정에 소환되어 사형 선고를 받았습니다. 그녀가 법정에서 끌려 나가자 한 구경꾼이 말했습니다.

"신들의 노여움을 풀 수 있다고 주장하는데 어떻게 사람들조차 설득할 수 없단 말이오?"

기적을 낳을 수 있는 체하는 떠돌이 여인들의 속임수는 비교적 쉬운 일조차 할 수 없다는 것이 드러난다.

164
중상에 대한 경고

산적이 국도에서 사람을 죽였습니다. 지나가던 행인들에게 쫓기자 그는 피투성이가 된 희생자를 버리고 도망쳤습니다. 맞은편에서 오던 사람들이 그의 손에 묻은 것이 무엇이냐고 물었습니다. 그는 방금 뽕나무에서 내려왔다고 대답했습니다. 그가 얘기하는 동안 쫓아오던 사람들이 당도해서 산적을 잡았습니다. 그리고 몸뚱이에 막대를 꽂고 뽕나무에 매달았습니다.

"나는 당신의 처형을 도와주는 것이 싫지 않아요."

하고 뽕나무는 산적에게 말하는 것이었습니다.

"살인을 저지르고 나서 내게 그 피를 닦아놓으려고 했으니까요."

성품이 착한 사람이라도 그의 사람됨을 중상하면 당한 것만큼 앙갚음하게 된다.

한참 모르는 예언자

점쟁이가 시장에 자리 잡고 제법 벌이를 잘했습니다. 갑자기 한 사내가 나타나서 점쟁이네 집 문이 돌쩌귀에서 떨어져 나갔고 세간살이가 없어졌다고 말했습니다. 그는 놀라움의 소리를 지르고 사태를 알아보려고 뛰어갔습니다. 지켜보던 구경꾼이 말하는 것이었지요.

"다른 사람들에게 일어나는 일은 예언한다고 공언하면서 자기 자신의 불행은 미리 알지 못하는구려."

자신의 삶은 제대로 관리하지 못하면서 이와 무관한 일에는 선견지명이 있다고 주장하는 사람의 어리석음을 폭로하고 있다.

166
거짓말쟁이가 된 진실

두 소년이 고기를 사러 함께 상점에 갔습니다. 푸줏간 주인이 등을 돌렸을 때 한 소년이 내장을 슬쩍해서 친구 호주머니에 집어넣었습니다. 몸을 돌린 푸줏간 주인은 내장이 없어진 것을 보고 두 소년이 훔쳤다고 나무랐습니다. 슬쩍한 소년은 그것을 가지고 있지 않다고 맹세하였고 그것을 가진 소년은 슬쩍하지 않았다고 맹세했습니다. 그들의 속임수를 꿰뚫어 본 푸줏간 주인은 말했습니다.

"거짓 맹세로 나를 속일 수 있을지는 모르지. 그러나 하느님은 못 속여."

궤변으로 위증이 가벼워지는 것은 아니다.

167
야바위꾼

긴 여행길의 나그네가 도중에서 발견하는 것의 절반을 헤르메스에게 바치겠다고 맹세했습니다. 어느 날 그는 지갑을 보았습니다. 돈이 들어 있다는 것을 조금도 의심치 않고 그걸 주웠지요. 그러나 흔들어보니 호두와 대추 몇 알밖에 들어 있지 않았습니다. 그것을 먹고 나서 그는 호두 껍질과 대추 씨를 가지고 가 제단 위에 올려놓았습니다.

"저는 맹세한 바를 실천했습니다. 헤르메스님. 왜냐하면 제가 발견한 것의 바깥쪽과 안쪽의 당신 몫을 다 드렸으니까요."

이 우화는 욕심이 많아 신조차도 속이는 구두쇠를 그리고 있다.

168
회초리를 아끼면 자식을 버린다

한 어린이가 동급생의 필기장을 훔쳐가지고 어머니에게
가져왔습니다. 어머니는 꾸짖는 대신에 칭찬을 해주었지
요. 또 한번은 훔친 외투를 가져왔고 그 때문에 어머니는
더욱 칭찬을 하는 것이었습니다.

그가 자라서 청년이 되었을 때 그는 더욱 큰 도둑질을
했습니다. 그러나 어느 날 범행 중 붙잡혀 손을 뒤로 묶인
채 사형 집행장으로 끌려갔습니다. 그의 어머니가 가슴을
치며 그를 따라갔지요. 어머니의 귀에 대고 말을 하고 싶
다고 아들은 말했습니다. 어머니가 다가가자마자 어머니의
귓밥을 물었습니다. 어머니는 아들의 불효막심한 소행을
꾸짖었지요. 여태껏 저지른 죄에 만족치 못하고 어머니에
게 신체적 가해를 한다고 말이지요.

"내가 처음으로 훔친 필기장을 가져갔을 때가 어머니가
나를 꾸짖었어야 할 때입니다. 그랬다면 이렇게 사형 집행
인의 손에서 내 인생이 끝나진 않았을 거예요."

탈 없이 지나가게 되면 죄인은 더욱 큰 죄를 짓게 된다.

169
신은 스스로 돕는 자를 돕는다

한 부자 아테나이인이 다른 승객들과 함께 항해 중이었습니다. 그때 강한 폭풍이 불어 배를 전복시켰습니다. 다른 이들은 해변 쪽으로 헤엄쳐 가려고 애썼으나 아테나이인은 아테나 신을 계속 부르며 살아난다면 듬뿍 물건을 바치겠다고 하였습니다. 난파 동료의 한 사람이 그의 곁을 헤엄쳐 지나가며 소리쳤습니다.

"모든 것을 아테나에게 맡기지 마시오. 두 팔을 써보시오."

우리 모두가 그렇게 해야 한다. 하늘의 도움을 기원하는 것 이외에도 우리는 스스로 생각하고 행동해야 한다.

170
돌팔이 의사

솜씨가 서툴러 거의 굶다시피하는 신기료장수*가 알지 못하는 고장으로 가서 의사 행세를 하였습니다. 그는 해독 제랍시고 물건을 팔았고 언변 좋은 야바위꾼이어서 제법 이름이 났습니다.

왕이 총애하는 하인이 중병에 걸려 누워 있던 어느 날 왕이 돌팔이 의사를 불러오게 해서 그의 솜씨를 시험해 보기로 결심했습니다. 컵을 가져오라 해서 물을 붓고는 돌팔이에게 그의 해독제를 넣으라고 했습니다. 그리고 거기다가 독을 집어넣는 체했습니다.

"자. 이걸 마시게. 그러면 후하게 돈을 치러주겠네."

하고 왕이 말했지요. 죽음이 두려워 돌팔이는 진실을 자백하였습니다. 의약에 대해선 아무것도 모르며 자기의 명성은 대중의 어리석음 때문이었다고 말이지요. 왕은 백성들을 모아놓고 모든 것을 얘기해 주었습니다.

"이보다 더한 미친 짓이 어디 있나? 그대들은 발에 맞는 구두 짓기도 맡기지 못했던 위인에게 목숨 맡기는 것도 주저하지 않고 있다네."

하고 왕은 말했습니다.

* 헌 신을 꿰매어 고치는 일을 직업으로 하는 사람.

어리석어서 뻔뻔스러운 야바위꾼이 돈을 벌도록 해주는 위인들——
이 말에 해당되는 사람들이 많다고 생각한다면 잘못일까요?

171
태우고 타다

여우가 해를 끼쳤던 농부의 진노를 샀습니다. 여우를 잡자 농부는 호되게 앙갚음을 해주겠다고 생각했습니다. 기름 묻힌 밧줄을 여우 꼬리에 매고 거기에다 불을 붙였습니다. 그러나 어떤 신이 여우를 농부의 밀밭으로 가게 했습니다. 곧 거둬들일 참의 밀밭이었지요. 농부는 잃어버린 수확을 개탄하면서 여우 뒤를 뒤쫓아 가는 것이 고작이었습니다.

이 얘기는 사람됨에 대한 교훈이며 참지 못하는 분노에 대한 경고이다. 분노를 참지 못하면 큰 해를 당하게 된다.

172
귀중한 발견

임종을 앞둔 농부가 자기 아들들이 훌륭한 농사꾼이 되기를 바랐습니다. 아들들을 불러놓고 그는 말했지요.

"애들아. 나는 곧 이승을 뜬다. 너희들은 내가 포도밭에 숨겨놓은 것을 찾아내야 한다. 내가 너희들에게 줄 모든 것이 거기 있다."

아들들은 포도밭 어딘가에 보물이 묻혀 있다고 생각했습니다. 그래서 아버지가 돌아가신 후 땅 구석구석을 팠습니다. 감추어둔 보물은 찾을 수 없었지요. 그러나 깊은 골을 판 포도 넝쿨은 굉장한 수확을 올렸습니다.

이 얘기는 수고한 보람이 최대의 보물임을 가르치고 있다.

173
단결이 힘

　의가 나빠 항시 다투는 아들들을 둔 농부가 버릇들을 고치라고 타일렀습니다. 그러나 아무리 말해도 소용이 없었습니다. 그래서 그는 실물 교육을 하기로 작정했습니다. 그는 아들들에게 한 다발의 막대를 가져오게 했습니다. 그리고 막대 다발을 그대로 주면서 분지르라고 일렀습니다. 아무리 해도 분지를 수가 없었습니다. 그러자 다발을 풀러 한 번에 하나씩 막대를 주었습니다. 그래서 아들들은 쉽게 분지를 수가 있었습니다.

　"너희들의 경우도 마찬가지다. 너희들이 합심하면 어떠한 적도 너희를 이길 수 없다. 너희들이 싸우면 너희들은 쉽사리 먹이가 되어버린다."

　하고 아버지는 말했습니다.

174
바늘이 몽둥이 된다

좁은 길을 걸어가다가 헤라클레스는 사과처럼 생긴 것이 땅 위에 있는 것을 보았습니다. 그것을 부수려고 그 위에 발을 올려놓았지요. 그러나 그것은 아까보다 곱쟁이로 커졌습니다. 그래서 그것을 더욱 세게 밟고 또 몽둥이로 쳤습니다. 그것은 더욱 커져서 온통 길을 막아버리고 말았습니다. 헤라클레스는 몽둥이를 내던지고 놀란 채 가만히 서 있었습니다.

그러자 아테나가 앞에 나타났습니다.

"그만하면 됐어요."

하고 아테나는 말하는 것이었습니다.

"이것은 싸움과 말다툼의 정신입니다. 도발하지 않는 한 그것은 처음 모양으로 있지요. 그러나 더불어 싸우면 그건 한없이 불어나요."

싸움과 말다툼이 수많은 위해의 원인임은 너무나 분명하다.

175
제 흉과 남의 흉

옛날 프로메테우스가 인간을 빚어냈을 때 두 개의 자루를 사람의 목에 걸었습니다. 앞에 건 자루에는 타인의 결점이 가득 채워져 있고 뒤쪽 자루에는 자신들의 결점이 들어 있었지요. 그리하여 사람들은 동료들의 결점은 십 리 밖에서도 볼 수 있지만 자기 결점은 알아차리지 못하는 것이지요.

이 얘기는 자신의 일에는 눈멀었으면서 타인의 일에는 관여하는 호사가를 풍자하고 있다.

176
필요할 때의 친구

두 친구가 함께 여행하고 있을 때 곰이 갑자기 나타났습니다. 한 사람은 제때에 나무로 올라가 거기 숨어 있었습니다. 곧 잡히게 되리란 것을 알고 또 한 사람은 땅바닥에 누워 죽은 체하였습니다. 곰이 코를 대고 온통 그의 냄새를 맡는 사이 그는 숨을 죽였습니다. 곰은 시체를 건드리지 않는다는 얘기가 있었으니까요. 곰이 떠나버리자 나무에 올라갔던 사람이 내려와 곰이 귀에 대고 무슨 소리를 했느냐고 친구에게 물었습니다.

"위험에 처한 친구 곁을 떠나는 사람과는 여행을 다니지 말라고 말했다네."

하는 것이 대답이었습니다.

어려울 때 참 친구가 드러난다.

나누어 갖기

두 사람이 함께 길을 가다가 그중 한 사람이 땅 위에 떨어져 있는 도끼를 보았습니다.

"우리는 횡재를 했소."

하고 다른 한 사람이 말하였습니다. 첫 번째 사람이 말했습니다.

"'우리' 소리는 하지 마시오. '당신은 횡재를 했다.' 하시오."

곧 도끼를 잃어버린 사람들이 두 사람을 따라왔습니다. 그러자 쫓아오는 도끼 임자들을 보고 도끼를 가진 사람이 말하는 것이었습니다.

"우리는 이제 글렀소."

"'우리' 소리는 하지 마시오. '나는 이제 글렀소.' 하시오. 당신이 도끼를 주웠을 때 혼자 가지려 했으니 말이오."

하고 또 한 사람이 받았습니다.

우리가 친구에게 우리들의 행운의 몫을 나누어주지 않으면 역경에 처했을 때 그들은 우리 편이 되어주지 않을 것이다.

178

많으면 더욱

각별히 경건한 숭배자에게 헤르메스가 황금 알을 낳는 거위를 주었습니다. 그러나 그 사람은 너무 성급해서 부가 찔끔찔끔 생기는 것을 기다릴 수 없었습니다. 그래 거위의 속이 온통 금이겠거니 생각하고 서둘러 죽였습니다. 희망이 성취되지 못했을 뿐 아니라 그는 황금 알도 얻지 못하게 되었지요. 거위 안에서 발견한 것은 보통 피와 살에 지나지 않았던 것입니다.

더 많은 것을 원하는 탐욕 때문에 욕심 많은 사람들은 이미 가지고 있는 것도 잃는 경우가 흔하다.

179
죽음을 기억하라

몇몇 승객을 태운 배가 출발을 했습니다. 난바다에 이르자마자 굉장한 폭풍을 만나 막 가라앉을 참이었습니다. 승객들은 연이어 그들의 옷을 찢으면서 신음 소리와 탄식 소리를 내며 자기 나라의 신을 불렀습니다. 그리고 살아남는다면 감사의 제물을 바치겠다고 약속했지요. 마침내 폭풍이 멎고 날씨가 평온해졌습니다. 그러자 승객들은 위험에서 뜻하지 않게 구조된 것이 기뻐 춤추고 뛰면서 잔치 기분을 내기 시작하였습니다. 선장은 줄곧 냉정을 유지했습니다.

"우리가 기뻐하는 사이 다시 일기가 불순해질지 모른다는 것을 잊지 맙시다."

하고 그는 말하였습니다.

행운에 너무 기고만장하지 마라. 쉽게 변할 수 있다는 것을 잊지 마라.

180

보물 있는 곳에 마음도

한 구두쇠가 재산을 모두 팔아서 금 덩어리를 하나 샀습니다. 어느 장소에 그것을 숨겨두었는데 자기 마음과 생각도 온통 거기 함께 묻어놓은 것이지요. 매일 그는 그리 가서 보물을 생각하곤 했습니다.

그를 지켜보던 한 일꾼이 그의 비밀을 짐작하고 금 덩어리를 캐어가지고 갔습니다. 구두쇠는 금 덩어리가 없어진 것을 알고 머리를 쥐어뜯으며 통곡했습니다. 지나가던 사람이 슬퍼하는 까닭을 묻고 나서 말했습니다.

"그렇게 슬퍼 마시오. 금덩이가 있을 때도 안 가진 것이나 진배없었습니다. 돌덩이를 대신 땅속에 묻고 금덩이가 있다고 생각하시오. 이나저나 마찬가지입니다. 금덩이가 있을 때에도 가진 금을 활용하지 않았으니까요."

즐기지 않고 갖고 있기만 하면 아무 소용이 없다.

181
백문이 불여일견

한 운동가가 동포들에게 항시 약골이라는 호칭을 받았습니다. 그래서 그는 한동안 외국에 나가 있었습니다. 귀국하고 나자 그는 여러 나라에서 보여준 묘기를 자랑하기 시작했습니다. 특히 그가 로데스에서 보여준 뛰기를 자랑했지요. 올림픽의 우승자도 따라갈 수 없는 뛰기였다는 거지요.

"목격자를 통해 증명할 수 있어요. 거기 있었던 사람이 이리로 오기만 한다면 말이오."

하고 그는 말했습니다. 이에 한 구경꾼이 말했습니다.

"만약 당신 말이 사실이라면 증인이 필요 없어요. 당신이 서 있는 바로 그 자리가 로데스와 진배없으니까요. 뛰는 것을 봅시다."

이 얘기의 요점은 쉽게 증명할 수 있는 것을 왈가왈부한다는 것은 말의 낭비에 지나지 않는다는 것이다.

182
대머리의 사연

    백발이 되어가는 사람에게 두 사람의 첩이 있었습니다. 젊은 첩과 늙은 첩이었지요. 늙은 첩은 나이 아래 사내를 둔 것을 부끄러이 여기어 그가 올 때마다 검은 머리를 뽑았습니다. 노인을 애인으로 두고 있다는 것이 싫은 젊은 여인은 흰 머리를 뽑았습니다. 두 사람은 이렇게 해서 그를 온통 대머리로 만들고 말았지요.

잘 맞지 않는 동반자들은 복을 얻지 못한다.

183
맹인의 손길

한 맹인이 있었는데 어떠한 동물이라도 손안에 넣어주기만 하면 만져보고 알아맞혔습니다. 그러나 한번은 어떤 사람이 그에게 이리 새끼를 건네주었는데 결정을 못하는 것이었습니다.

"이리 새끼인지 여우 새끼인지 혹은 비슷한 다른 것인지 모르겠어요."

하고 만져보고 나서 그는 말했습니다.

"그러나 그것이 양 떼와 어울리지 않는다는 것만은 알고 있습니다."

마찬가지로 사람의 고약한 성품은 그의 외양으로 알아볼 수 있는 경우가 많다.

184
점입가경

한 부지런한 과부가 수탉이 울면 부리는 아랫것들을 깨우곤 하였습니다. 마침내 그들은 아주 지쳐빠져서 수탉의 목을 비틀기로 하였습니다. 동트기도 전에 주인을 깨움으로써 모든 고초의 화근이 되어왔다고 생각한 것이지요. 그러나 그들의 짓거리는 그들에게 더욱더 고초를 가져다주었습니다. 시간을 알려주는 수탉이 없어지자 주인은 더욱 일찍감치 깨워서 일을 시키는 것이었습니다.

많은 사람들의 골칫거리는 스스로 마련한 것이다.

호언장담

사자의 발자국을 찾고 있던 사냥꾼이 나무꾼에게 사자 발자국을 보았느냐고 물었습니다. 또 사자 굴이 어디 있는지 아느냐고 물었습니다. 나무꾼은 사자 자체를 보여주겠다고 말했습니다. 이 말에 사냥꾼은 공포로 얼굴이 헬쑥해지고 이가 떨려 왔습니다.

"나는 그저 사자 발자국을 찾고 있는 것이지 사자를 찾고 있는 것은 아닙니다."

말로는 큰소리치지만 행동은 그렇지 못한 겁쟁이의 허풍을 드러내주는 이야기이다.

186
볼일부터 먼저

웅변가 데마데스가 아테나이 사람들에게 연설 중이었습니다. 그의 연설에 별로 주의를 기울이지 않아 그는 이솝우화를 얘기하는 것을 허용해 달라고 청했습니다. 사람들의 동의를 얻자 그는 말하기 시작했습니다.

"데메테르*가 제비와 뱀장어와 함께 여행을 하였습니다. 강둑에 이르자 제비는 공중으로 날아갔고 뱀장어는 물속으로 첨벙 들어갔습니다."

여기서 그는 말을 끊었습니다.

"데메테르는 어떻게 되었지요?"

하고 사람들은 물었습니다.

"그녀는 여러분들에게 화가 나 있습니다. 나랏일을 소홀히 하고 온통 이솝 얘기나 들으려 하니까요."

데마데스의 대답이었습니다.

* 대지의 여신.

재미를 위해 중요한 볼일을 소홀히 하는 것은 생각 없는 어리석은 짓이다.

187
죽도록 미워해

서로 미워하는 두 사람이 같은 배를 탔습니다. 한 사람은 고물 쪽에 앉았고 또 한 사람은 뱃머리 쪽에 앉아 있었지요. 폭풍이 닥쳐 배가 침몰할 지경이 되었을 때 고물 쪽 사람이 어느 쪽이 먼저 가라앉느냐고 키잡이에게 물었습니다. 뱃머리 쪽이 먼저 가라앉는다는 얘기를 듣자 그는 말하는 것이었습니다.

"내 적이 먼저 죽는 것을 볼 수 있다면 나 죽는 것도 괜찮아요."

원수가 먼저 고통받는 한 사람들은 어떤 일이 자기에게 일어나도 개의치 않는다.

188
죄 많은 부의 증가

헤라클레스가 신의 지위로 격상되어 제우스 신의 식탁에서 대접을 받았습니다. 그는 모든 신에게 예의 바르게 인사를 했습니다. 그러나 마지막으로 플루투스*가 들어오자 헤라클레스는 고개를 숙이고 외면을 하였습니다. 놀란 제우스 신은 왜 다른 신들은 기쁘게 맞아들이면서 플루투스는 곁눈질하는 것이냐고 물었습니다.

"인간 사이에서 살았을 때 나는 그가 못된 친구들과 주로 사귀는 것을 보았기 때문입니다."

헤라클레스의 대답이었습니다.

* 부의 의인화임.

이 우화는 부가 고약한 사람에게 찾아드는 행운이라는 것을 상기시켜 준다.

애매한 비난

한 돌팔이 의사가 병자를 보았습니다. 다른 모든 의사들은 환자의 병이 오래 끌기는 하지만 위험한 것은 아니라고 말했습니다. 그러나 돌팔이 의사는 모든 일을 정리하라고 말했습니다.

"내일을 넘기지 못할 것이오."

하는 경고를 남기고 그는 나갔습니다.

얼마 후 병자는 일어나서 외출을 했습니다. 창백한 얼굴에 겨우 걸을 수 있을 정도였지요.

"안녕하시오? 그래 저승 쪽은 어떻게들 지냅니까?"

하고 돌팔이 의사가 병자를 보자 말했습니다.

"레테*의 물을 잔뜩 마셔서 조용들 합니다. 그러나 요전날 죽음의 신과 명부의 신이 모든 의사들에 대해 무서운 협박을 합디다. 병자를 죽지 않게 하기 때문이지요. 그래서 그들의 명단을 작성하더군요. 당신 이름도 적으려 해서 내가 기어가 당신을 빼라고 간청했지요. 당신을 진짜 의사라고 말한 이는 당신을 중상한 것임을 나는 맹세합니다."

---

* 사자의 혼이 그 물을 마시면 과거를 모두 잊어버린다는 저승의 내.

이 얘기는 그럴듯하게 얘기하는 잔꾀가 유일한 학식인 무지한 돌팔이 의사를 창피 주기 위한 것이다.

190
제비 한 마리가 여름을 만들지 않는다

젊은 난봉꾼이 유산을 다 까먹고 남은 것이라곤 외투 하나뿐이었습니다. 제철이 되기 전에 날아든 제비 한 마리를 보고 그는 여름이 와서 외투가 필요치 않게 되었다고 생각했습니다. 그래서 그걸 가지고 나가 팔아먹었습니다. 그러나 그 후 된서리가 오고 추운 날씨가 되었습니다. 어느 날 길을 걷다 얼어 죽은 제비를 보았습니다.

"딱한 것 같으니라고. 너는 네 자신과 나를 모두 죽였구나."

하고 그는 말했습니다.

일을 하면서 시기를 잘못 선택하는 것은 언제나 위험하다.

191
좋은 징후

의사에게 좀 어떠냐는 질문을 받은 환자가 굉장히 많은 식은땀을 흘렸다고 대답하였습니다.

"그건 좋은 일이오."

하고 의사는 말했습니다. 그 다음 질문을 받았을 때 환자는 오한이 나서 녹초가 되었다고 불평했습니다.

"그것도 좋은 징조요."

하는 것이 의사의 말이었습니다. 세 번째 방문 때 의사는 다시 한번 환자의 징후에 관해 물었고 설사를 했다는 대답을 들었습니다.

"역시 좋아요."

하고 말하고 의사는 자리를 떴습니다. 환자의 친척이 찾아와서 어떠냐는 물음을 받고 환자는 대답했습니다.

"나는 좋은 징후를 너무나 많이 계속 가져왔기 때문에 이젠 죽을 지경이오."

이웃들이 우리의 딱한 사정을 알지 못하고 우리가 견디기 어려워하는 일을 두고 축하의 말을 해주는 경우가 아주 흔하다.

192
운명의 힘

한 소심한 노인에게 사냥을 몹시 좋아하는 용감한 외아들이 있었습니다. 아들이 사자에게 죽는 꿈을 꾼 뒤 노인은 그 꿈이 실제 일어날 앞일을 보여준 것이 아닌가 생각하였습니다. 그 실현을 방지하기 위해 노인은 지면에서 높다랗게 올려 멋진 홀을 짓고 거기에 아들을 가두어두었습니다. 아들이 재미있어 하도록 홀에는 사자를 포함해 온갖 종류의 동물 그림을 장식하여 놓았습니다. 그러나 그러한 광경은 그를 더욱 참담하게 해줄 뿐이었습니다. 어느 날 그는 사자 앞에 서서 외쳤습니다.

"제기랄! 내가 여자처럼 이렇게 여기 갇혀 있는 것은 네 놈과 아버지의 엉터리 꿈 때문이다. 어떻게 네게 앙갚음을 할 수 있을까?"

이렇게 말하며 그는 사자의 눈을 빼낼 듯이 손으로 벽을 쳤습니다. 가시 하나가 손톱 밑에 박혀 몹시 아프고 또 사타구니까지 부어올랐습니다. 그 다음 고열이 나더니 그는 곧 죽고 말았습니다. 그림에 지나지 않지만 사자는 그 소년의 죽음의 원인이 되었고 아버지의 교묘한 계획도 허사가 되고 말았습니다.

용감히. 또 참을성 있게 사람은 운명에 대해 체념해야 한다. 어떠한 꾀도 그것에서 벗어나게 할 수는 없다.

193
철 맞지 않는 잔소리

강에서 목욕하다가 한 소년이 빠져 죽을 지경이 되었습니다. 강둑에 있는 나그네를 보고 그는 살려달라고 외쳤습니다. 그러나 나그네는 그의 분별없음에 대해 설교하기 시작하는 것이었습니다.

"살려주세요. 나중에 안전할 때 설교할 수 있잖아요."
하고 소년은 외쳤습니다.

냉대받을 만한 짓거리를 하는 사람들에 대한 경고이다.

길들기가 약이다

    한 부자가 무두장이*집 이웃으로 이사를 갔습니다. 고약한 냄새를 견딜 수 없어 무두장이보고 이사를 가라고 재촉했습니다. 그러나 무두장이는 조금 있다 이사 가겠다며 피하였습니다. 이러한 일이 되풀이되는 사이 부자는 어느덧 냄새에 익숙해져서 이웃 사람 괴롭히기를 그치게 되었습니다.

* 짐승의 날가죽에서 털과 기름을 뽑아 가죽을 부드럽게 만드는 일을 직업으로 하는 사람.

익숙해지면 불쾌한 일도 덜 고약해진다.

195
쓴 잔으로 배우다

양치기가 바닷가에서 양 떼에게 풀을 먹이다가 잔잔한 바다를 보고 상인으로서 배를 타보겠다고 결심했습니다. 그래서 양을 팔아 많은 대추야자를 사가지고 출범을 했습니다. 그러나 폭풍이 불어 배가 침몰할 지경이었습니다. 뱃짐을 다 내던지고도 그는 가까스로 빈 배를 안전하게 육지로 몰고 올 수 있었습니다. 한참 후 지나가던 사람이 마침 잔잔해진 바다의 고요를 양치기에게 상기시켜 주었습니다.

"아, 바다가 대추야자를 더 원하는 것 같군요. 그래서 저렇게 조용한 것이지요."

하고 양치기는 말하였습니다.

196
너무 자주 '이리요'

짓궂은 장난을 좋아하는 양치기가 있었습니다. 그는 양 떼를 마을에서 얼마쯤 떨어진 곳으로 몰고 가서 마을 사람들에게 도와달라고 소리쳤습니다. 이리 떼가 양 떼를 습격했다는 것이었지요. 두서너 번 마을 사람들이 놀라서 달려나왔습니다. 그러고는 양치기가 비웃는 사이 돌아들 갔지요.

그러나 드디어 이리 떼가 정말로 찾아왔습니다. 양치기와 양 떼 사이로 들어왔고 양치기는 도와달라고 이웃 사람들에게 소리쳤습니다. 그러나 또 장난치는 것이라 생각한 이웃 사람들은 조금도 그의 걱정을 하지 않았습니다. 그는 양을 잃어버리고 말았습니다.

거짓 경보를 울려서 위기를 조성하는 자는 득 보는 것이 없다. 진실을 말할 때도 불신을 당할 뿐이다.

197
대머리의 체념

가발을 쓴 대머리 아저씨가 어느 날 말을 타고 갔습니다. 바람이 불어 가발이 날아가자 구경꾼들이 마구 웃어대었지요. 고삐를 당겨 말 걸음을 늦추며 대머리는 말하는 것이었습니다.

"남의 머리카락을 내 머리에 고스란히 간수 못하는 것은 놀라운 일이 아니야. 머리카락 임자도 제 머리에 그것을 간수 못했으니까."

일어나는 사고 때문에 낙담하지 마라. 우리가 태어날 때 부여받지 못한 것은 영구히 소유하지 못한다. 우리는 벌거숭이로 이 세상에 와서 벌거숭이로 떠난다.

198
친구가 없어서

친구의 이름은 사람의 입에 자주 오르지만 충직한 친구는 뜸하며 극소수일 뿐이다.

소크라테스를 위한 조그만 집이 세워지고 있었습니다. 그의 영광을 나누어 가질 수 있다면 그의 운명까지도 기꺼이 나누어 갖고 싶은 사람이 소크라테스이지요. 살아생전의 그의 오명은 그가 죽어 재가 된 뒤 무죄임이 드러나는 것에 대해 치러야 할 조그만 대가였지요. 지나가던 사람이 흔히 하는 말을 토로했습니다.

"당신 같은 분이 왜 이렇게 조그맣고 갑갑한 집을 짓고 있습니까?"

"이 집을 채울 만한 진정한 친구가 있기를 바랄 뿐입니다."

하고 소크라테스는 대답하였습니다.

수수께끼 유언

한 사람이 수많은 인파보다 더 유용한 경우가 흔히 있다. 이것을 증명하려고 나는 다음의 짤막한 얘기를 후세를 위하여 기록해 두려 한다.

한 사람이 딸 셋을 남기고 죽었습니다. 맏이는 유혹하기 위해 남성에게 추파를 던지는 미녀였습니다. 둘째는 검소한 농사꾼으로 실도 잘 짰습니다. 막내는 추녀에다 주정뱅이였습니다. 노인은 어머니를 보관인으로 지정하여 자기의 전 재산을 세 딸에게 공평히 나누어줄 것을 지시하였습니다. 그러나 '그들이 그들에게 양도된 재산을 소유하거나 향유해서는 안 된다.'는 조건이 달려 있었습니다. 또 하나 '그들이 물려받은 재산을 소유하기를 그치는 대로 그들이 어머니에게 천 파운드를 지불해야 한다.'는 단서가 붙어 있었습니다.

아테나이가 이 소문으로 발칵 뒤집혔습니다. 어머니는 변호사와 상의하려 애썼으나 딸들이 물려받은 것을 소유해서도 즐겨서도 안 된다든가, 유언에 따라 아무것도 얻지 못하더라도 어머니에게 돈을 지불해야 한다는 조항을 어떻게 조치해야 할지 아무도 설명하지 못했습니다.

이 문제가 오랫동안 질질 끌면서 아무도 유언의 의미를

이해하지 못하자 어머니는 법적 입장을 따지기를 포기하고 양심에 따라 행동하기로 작정했습니다. 바람둥이인 첫째 딸에겐 옷과 여성 장신구, 목욕 장비, 환관과 심부름꾼을 배당했습니다. 부지런한 둘째 딸에게는 땅과 양치기와 농장 가옥과 일꾼과 쟁기 모는 황소와 수레 끄는 짐승과 모든 농장 장비를 주었습니다. 또 주정뱅이 막내에게는 포도주 항아리로 가득 찬 지하실, 그리고 아름다운 정원이 딸린 저택을 배당해 주기로 했습니다.

모두들 동의하는 속에——그들의 성품은 잘 알려져 있었으니까——어머니가 딸들에게 각자의 몫을 물려주려고 할 때 이솝이 갑자기 인파 속에 나타났습니다.

"딸의 아버지가 지금 벌어지고 있는 일을 안다면 아테나 이 사람들이 자기 소망을 제대로 해석하지 못한 것을 생각하고 무덤 속에서도 외면할 거요."

하고 그는 말했습니다. 설명하라는 요청을 받고 이솝은 누구에게나 궁금했던 수수께끼를 풀었습니다.

"집과 그 부속품, 아름다운 정원, 오래된 포도주를 근면한 일꾼에게 주시오. 옷과 진주, 하인과 나머지는 주정뱅이에게 주시오. 토지와 헛간, 양치기와 양 떼는 바람둥이에게 주시오. 그들은 성품에 맞지 않는 물건들을 간수할 큰 마음을 갖지 못할 것이오. 못생긴 주정뱅이는 포도주를 사기 위해 옷가지 등 장신구를 팔 것이오. 바람둥이는 좋은 옷차림을 위해 토지를 희생할 것이오. 그리고 농사일과 실 짜기만 아는 둘째는 저택을 내놓으려고 안달을 할 것이오. 그러니 아무도 물려받은 것을 소유하지 못하고 각자 재산을 판 데서 생긴 수익금에서 지정된 금액을 어머니에게 치를 수 있을 것이오."

이리하여 우둔한 많은 사람이 풀지 못한 문제를 똑똑한 한 사람이 풀 수 있었다.

200
겁 많은 허풍선이

두 병정이 산적과 마주쳤습니다. 한 사람은 도망치고 또한 사람은 딱 버티고 서서 용감하게 자기 방어를 하였습니다. 공격자가 따돌려지자 겁쟁이가 달려와서 그의 칼을 뽑았습니다. 자기 외투를 뒤로 젖히면서 그는 말하였습니다.

"어떤 사람들을 공격했는지를 그에게 보여주겠어."

"아까 그렇게 얘기했으면 좋았을 거요."

하고 끝까지 싸워낸 병정은 말했습니다.

"그러기만 했더라도 내겐 도움이 되었을 거요. 더 자신감이 생겼을 테니까요. 왜냐하면 당신이 진실을 말한다고 생각했을 테니까. 자, 칼을 집어넣고 입을 닥치시오. 둘다 쓸모가 없으니. 당신을 모르는 사람을 속일 수는 있을 거요. 나로 말하면 당신이 도망치는 데 얼마나 기운을 쏟는가를 보았고 당신의 용기는 믿을 수 없다는 것을 알고 있소."

만사가 순조로울 때는 용감하다가 위급한 때면 도망치는 사람들을 비아냥거리는 이야기다.

201
막무가내로

편벽됨은 사람으로 하여금 과오를 저지르게 한다. 일단 결심을 하면 잘못된 생각에 집요하게 집착하게 하며 사실이 밝혀지면 후회하게 만든다.

부유한 귀족이 공개 연회를 벌이려 했습니다. 신기한 것을 보여주는 사람에게는 상을 주겠노라 제의했습니다. 이 경쟁에서 두각을 나타내려고 직업적인 연예인이 모여들었습니다. 그 밖에도 재치 있는 말로 유명한 어릿광대도 왔는데 그는 어떠한 극장에서도 선보인 바 없는 쇼를 보이겠다고 말했습니다.

소식이 전해지자 시내 전체가 신이 났습니다.(매사가 따분했던 판국이었거든요.) 자리가 모자랄 지경이었습니다. 어떠한 기물이나 조수도 없이 어릿광대가 무대에 자리 잡자 조용히 하라고 할 필요도 없었습니다. 누구나 기대감으로 흥분되어 있었습니다. 갑자기 외투 자락에 머리를 집어넣고 돼지 새끼 소리를 근사하게 흉내 내어 누구나 돼지를 외투 속에 감추어두었다 여기고 몸수색을 해야 한다고 요구했습니다. 그의 몸에서 아무것도 안 나오자 많은 사람들이 쟁반에 돈을 모아 그에게 주며 치하를 했습니다. 그가 무대를 떠나자 모두 박수를 보냈지요.

구경꾼 가운데 시골 사람이 있었습니다.

"그는 날 능가하지 못하지요."

하고 그는 말했습니다. 주저함이 없이 그는 그 다음날 어릿광대를 같은 묘기로 이겨주겠다고 겨루기를 떠맡았습니다. 더욱 많은 인파가 모여들었습니다. 많은 사람들은 어릿광대를 감탄해 마지않았기 때문에 시골 사람의 묘기를 보기 위해서가 아니라 웃음거리로 만들기 위해 온 것이었지요. 두 경쟁자가 무대에 나타났고 어릿광대가 먼저 묘기 자랑을 했습니다. 너무나 흉내를 잘 내어 박수갈채를 받았지요. 시골 사람 차례가 되었습니다. 그는 돼지 같은 것을 옷 속에 감춘 것처럼 팔짱을 끼었습니다. 조사를 해보고 아무것도 보이지 않자 관중들은 그것이 일부러 그러는 것이라고 생각했습니다. 그러나 그는 사실 돼지 새끼를 감추고 있었습니다. 시골 사람이 돼지의 귀를 꼬집자 자연 돼지는 소리를 질렀습니다. 그러나 사람들은 어릿광대의 흉내가 훨씬 진짜 같다고 말하면서 시골 사람을 무작정 무대에서 내몰았습니다. 그러자 그는 자기의 돼지 새끼를 생생하게 꺼내 보였습니다. 관중들의 창피스러운 과오의 명백한 증거였지요.

"자! 여러분이 어떠한 심판자인지 밝혀졌지요?"

하고 그는 말했습니다.

202
너 자신을 알라

어떤 사람이 자기 자랑을 많이 섞어놓은 자기가 쓴 우스꽝스러운 글을 이솝에게 읽어주었습니다. 노인은 이솝의 의견이 몹시 궁금했습니다.

"제가 제 능력을 지나치게 확신하고 있다거나 뻔뻔스럽다고 생각하지 않았으면 좋겠어요."

하고 그는 말했지요. 그의 형편없는 글이 이솝에게 질색이었습니다.

"당신이 자화자찬하는 것은 옳다고 생각합니다. 당신 대신 당신 칭찬해 줄 사람을 찾지 못할 테니까요."

이솝이 말했습니다.

203
약한 자여 그대 이름은 여자

여러 해 전에 에페수스에서 몹시 사랑하던 남편을 여읜 부인이 시체를 관 속에 집어넣고 나서 아무리 해도 그 곁을 떠나려고 하지 않았습니다. 그녀는 계속 묘역 안에 살면서 남편 죽음을 애도하였습니다. 그래서 정숙한 과부의 사례로 명성을 얻었습니다.

어느 날 어떤 도둑들이 제우스 신전에서 도둑질을 해 신성 모독으로 십자가에 못 박혀 죽었습니다. 그들의 시체를 훔쳐가지 못하도록 병정들이 보초를 서게 되었는데 여인이 두문불출하는 분묘 근처였지요.

어느 날 밤 목이 마른 병정 하나가 여인의 하녀에게 물 한 잔을 간청했습니다. 하녀는 여주인이 밤늦게 램프 불에 의지하여 일하며 앉아 있는 것을 돌보아 주고 있었던 것이지요. 문이 조금 열려 있어 병정은 미망인을 보게 되었습니다. 그녀는 몸매도 날씬하고 너무나 아름다워 그는 그 자리에서 열렬히 사랑하게 되었습니다. 그의 욕정이 제어할 수 없게 됨에 따라서 병정은 그녀를 더욱 자주 만나볼 갖가지 구실을 마련해서 활용하였습니다. 이렇게 날마다 만나니 그의 접근에 미망인은 점점 더 호응하게 되었습니다. 마침내 그녀의 마음은 사로잡히게 되었지요. 그리하여

이 보초는 그녀와 함께 밤을 보내게 되었고 그 결과 십자가에서 시체 하나가 사라져버렸습니다. 크게 놀라 병정은 애인에게 사단을 말했습니다. 정숙한 아내의 표본인 그 여인은 이렇게 즉각 대답하는 것이었지요.

"무서워할 것 없어요."

그러고 나서 남편의 시체를 십자가에 매달라고 건네주었습니다. 의무 태만으로 처벌받지 않도록 말이지요.

이렇게 고약한 소행으로 여인은 이전의 명성도 잃어버리고 부정의 전형이 되어버렸다.

큰 물고기 작은 물고기

그물을 바닷가로 당겨가면서 어부는 큰 생선이 많이 걸려 있는 것을 보았습니다. 그래서 바닥에 그물을 펴놓았지요. 그러나 조그만 고기들이 그물망을 통해 바다로 빠져나가는 것이었습니다.

웬만큼 재산 있는 사람은 안전하지만 저명한 사람들이 위험을 피하기는 쉽지 않다.

불 난 집에서 도둑질

한 사람이 강에서 고기를 잡고 있었습니다. 강둑 한쪽에서 맞은편 강둑으로 강물을 가로질러 그물을 치고 나서 그는 돌을 밧줄에 매어 그것으로 물을 마구 쳤습니다. 놀란 물고기가 방향을 잃고 그물로 들어가도록 하기 위해서였지요. 그곳에 사는 사람이 그를 보고 깨끗한 식수를 흐려놓는다고 꾸짖었습니다.

"그러나 강물은 이렇게 흐려놓아야 합니다. 그렇지 않으면 내가 굶어 죽어요."

국가 간에도 마찬가지다. 선동자는 싸움을 조장해야 가장 성공한다.

206
너무 친해지면 업수이 여긴다

사람들이 처음으로 낙타를 보았을 때 그 엄청난 크기에 겁을 먹고 도망갔습니다. 그러나 시간이 지남에 따라 낙타가 점잖은 짐승임을 알고 용기를 내어 가까이 갔습니다. 점차 사람들은 낙타가 성낼 줄 모른다는 것을 깨닫게 되었습니다. 그래서 사람들은 낙타를 업신여겨 그 위에 고삐를 얹고 아이들로 하여금 몰게 하였습니다.

익숙해지면 무서운 것도 무서움이 가시게 된다.

207
자기기만

　목소리가 제대로 나오지 않는 아마추어 가수가 진종일 노래를 하곤 했습니다. 리라*로 반주를 하면서 벽에 회칠을 한 집 안에서 노래하니 목소리가 크게 울려 그는 일급의 목소리를 가졌다고 자처하게 되었습니다. 그의 자부심은 스스로 무대에 어울린다고 생각하게 했습니다. 그러나 그가 관중 앞에 나타났을 때 노래가 너무나 형편없어 돌팔매에 쫓겨나게 되었습니다.

* 칠현금.

이와 마찬가지로 학교에서는 유능한 사람으로 통하지만 공적 생활로 들어서면 완전히 실패하고 마는 자칭 웅변가들이 있다.

작품 해설

낮잠을 자다가 경주에 진 토끼와 거북이, 나그네의 옷 벗기기를 겨루는 태양과 삭풍, 사자의 은혜를 갚아주는 새 앙쥐 등등 이솝 우화 한두 꾸러미 정도를 모르는 사람은 없다. 우리들의 유년(幼年)의 기억 속 가장 아득한 부위에 자리 잡고 있는 것의 하나가 이솝 우화일 것이다. 노래와 얘기는 영원한 기쁨이지만 극히 유서 깊은 마르지 않는 즐거움의 샘이 이솝 우화이다. 거의 범세계적인 현상이라 해도 잘못은 아닐 것이다.

아주 어려서부터 들어왔기 때문에 많은 사람들이 이솝 우화라면 통달하고 있다고 생각하기가 쉽다. 그러나 자세히 검토해 보면 이것은 착각임이 곧 드러나게 마련이다. 널리 알려진 것으로 서른 자루나 마흔 자루를 알고 있기가 십상이다. 그러나 이 책을 손에 든 독자들이 다시 실감하게 되듯 이솝 우화가 다루고 있는 맥락과 교훈은 엄청나게 다양하고 풍부하다.

현재 남아 있는 이솝 우화의 칠십 퍼센트 이상이 동물을 다루고 있다. 그래서 우화 하면 대개의 경우 동물 이야기를 연상하게 된다. 그러나 바다, 강, 태양, 바람과 같은 자연이나 나무를 다룬 것도 있다. 그리고 신이나 인간이 등장하는 것도 상당수에 이른다. 그리스 신화의 신이 나오는 것에는 어떤 현상에 관한 원인 설명을 시도하는 것들이 있다. 「136 개미가 도둑인 까닭」, 「153 거인은 멍청이」, 「159 짐승 같은 사람들이 있는 까닭」 같은 것이 그 보기다. 그러나 대부분은 삽화로서 재담을 담고 있는 경우가 흔하다.

우화는 본시 일반 서민들의 문학 장르로서 삶에 대처하는 보통 사람들의 생각을 반영하고 있다. 따라서 옛 철학자들이 설파한 윤리적 덕목의 이상(理想)이나 덕성의 추구와는 별 관련이 없다. 우화가 시사하는 덕목은 삶을 편안하게 하며 덕목의 실천자들에게 득이 되는 것들이다. 가령 감사, 절제, 근면, 체념, 충직함 같은 것들이 그 대종을 이루고 있다. 우화가 내포하고 있는 교훈은 엄밀한 의미에서의 도덕적 교훈이 아니라 인간 행동의 관찰에 의거한 세속 지혜와 신중한 조심성의 권고인 경우가 많다. 어떤 의미에서는 터놓고 부도덕한 일을 권장하는 경우조차 있다. 상대방을 꾀로 누르고, 강자에게 굽신거려 실속을 차릴 것을 권면하기도 한다. 은혜를 갚으라는 시사가 있는 것은 사실이나 얼어 죽을 뻔한 뱀을 동정했다가 보답받기는커녕 죽게 되는 농사꾼의 얘기도 있다. 요컨대 꾀와 조심성이 큰 덕목이 되어 있어 세상살이에 관한 일종의 병법(兵法)이라

할 수 있다. 여름에는 노래로 세월을 보냈으니 이제 춤이나 추라는 구걸자에 대한 개미의 발언에 엿보이듯이 이솝 우화의 세계는 냉혹한 현실 세계인 것이다.

이솝 이전

우화에 동물이 많이 나오는 것은 원시인들이 길들인 가축이건 야생이건 간에 동물들과 아주 가까이서 생활한 때문이라고 할 수 있다. 그래서 동물들의 모험을 상상해 보고 인간에게 걸맞는 감정이나 행위 동기를 부여해 본 것일 터이다. 앞서도 시사했듯이 덕목이나 신중한 조심성에 대한 교훈을 내포하고 있음이 우화의 가장 현저한 특징이다. 당초엔 이 교훈이 넌지시 시사되었을 뿐이지만 지혜로운 처신을 위한 권면을 나중에는 서슴없이 '교훈'으로 내세우게 되었고 후세 사람들이 군살을 붙이게 되었다.

호메로스의 서사시에는 우화의 언급이 전혀 없는 것으로 되어 있다. 기원전 8세기나 7세기의 그리스 시에 몇 개가 등장하고 헤시오도스도 매와 꾀꼬리를 다룬 우화를 그의 「일과 나날」 속에 담고 있다 한다. 인도의 우화가 그리스 우화의 모형이 되어주었다는 설명이 한때 유포되었으나 근래의 연구는 기원전 4세기 이전의 인도 우화가 그리스에서 알려진 바 없다는 것이 정설이다. 또 이집트나 아시리아의 우화가 그리스에서도 알려져 있었으리라는 추측도 있지만 뚜렷한 영향의 흔적은 찾아내지 못하였다. 현재까지의 연구로는 우화란 고대 그리스인이 만들어낸 것이라는 게 정설이다. 특히 전설상 이솝의 출생 지역으로 알려져 있고 우화 속에 자주 등장하는 사자의 고장인 소아시아의 그리스인들이 만들어낸 것으로 추정되고 있다.

이솝이라는 인물

기원전 5세기 후반께에는 이솝(그의 그리스 이름은 아이소포스이며 이솝은 서구화된 이름이다.)의 이름이 그리스에서는 익숙해져 있었고 우화 작가의 대명사처럼 되어 있었다. 이솝에 관한 정보는 극히 희소해서 실재 인물이 아니고 우화를 창시했다고 생각되는 가상적 인물을 나타내고 있을 뿐이라는 주장도 있다. 이솝에 관한 서술로는 기원전 5세기 후반에 책을 썼던 헤로도토스가 『역사』에서 언급한 것이 유일한 전기이다. 이야기 지은이인 이솝이 기원전 6세기 중엽에 살고 있었고 사모스 섬과 연관이 있다는 것, 이아드몬이라는 사모스 시민의 노예라고 믿을 만한 이유가 있다는 것, 아폴론의 신탁으로 유명한 델포이 사람들 손에 죽었다는 것 정도가 헤로도토스의 서술 요지이다. 그 밖에 이솝에 관해서 알려진 것은 후세 사람들이 지어서 덧붙인 얘기에 지나지 않는다. 헤로도토스는 이솝이 노예였다는 것을 어떻게 알게 되었는가에 대해서 아무 말도 않고 있는데 그가 증거라고 내세우고 있는 것은 이아드몬의 노예가 아니라 친척이었다고 해도 틀리지 않는 성질의 것이다. 어쨌거나 이솝이 노예였다는 것은 고전 고대엔 널리 받아들여져 있었다. 너무나 분명해서 굳이 증거할 필요가 없었던 것이 아니냐는 추측을 낳게도 하고 있다.

뒷날 첨가된 이솝의 전기적 사실은 신빙성이 희박해서 대체로 의심의 눈길로 처리되고 있다. 아리스토파네스는 이솝이 사원에서 식기를 훔쳐 델포이인들에게 고발되었다고 작품 속에 적고 있으며 플루타르코스는 이솝이 델포이인들을 모욕했기 때문에 이들이 성신 모독죄를 날조하여 바위에서 내동댕이쳐 죽였다고 적고 있다. 비상한 재주나 재치와는 대조적으로 혐오감 자아내는 추남에다 기형이었으며 말더듬이였다는 얘기도 있다. 그런가 하면 죽은 후에 되살아났다는 전설까지 있는 형편이다.

어쨌거나 기원전 5세기 이후에는 그의 인물에 관한 전설과 우화가 특히 아테나이에서는 널리 알려져 플라톤, 아리스토텔레스, 아리스토파네스에는 이솝과 이솝 우화에 관한 언급이 아주 많다.

이솝 자신이 우화를 글로 써서 남긴 것인지 하는 점에 관해서도 알려진 바는 없다. 이솝이란 이름이 우화란 형식과 밀접하게 연결되어 우화라면 모두 이솝 것으로 간주되었을 공산도 크다. 이솝의 생존 시기보다 백오십 년이나 앞서는 아르킬로코스가 알고 있던 독수리와 여우에 관한 우화를 아리스토파네스가 이솝의 것이라 언급하고 그것이 뒷날 『이솝 우화』에 나타나는 것 같은 사례가 그것을 증거한다고 학자들은 말하고 있다.

이솝 이후

이솝 시대가 끝난 후에는 새로 지어낸 우화는 거의 언제나 이솝의 것으로 치부되었다. 기원전에 우화의 창작이나 각색이 수사학 훈련의 정규 부분이 되었다는 증거가 있다고 학자들은 말한다. 그만큼 우화 형식이 널리 삶 속에 삼투해 들어간 것이다.

최초의 우화집이 나온 것은 기원전 300년경에 아테나이에서였다고 하는데 드미트리우스라는 유명한 시민이 편찬했다는 것밖에는 알려진 것이 전혀 없다. 기원전 2세기와 1세기의 그리스 및 라틴 문학에는 우화가 몇 개밖에는 나오지 않는다고 알려져 있다. 현재 남아 있는 것으로 가장 오래된 우화집은 파드루스가 라틴어 운문으로 적어놓은 것이라 한다. 그는 마케도니아에서 태어난 노예로서 대부분의 생애를 로마에서 보냈고 아우구스투스 황제 치하의 자유민이었다 한다. 여기 포함된 우화는 물론 그리스 우화와 같은 것이 많은데 당대 사회에 대한 언급으로 미루어보아 파드루스 자신의 소작도 얼마쯤 있다고 추정되고 있다.

저자가 알려진 최초의 그리스어 우화집으로 현존하는 것은 바브리우스가 적은 것으로 운문으로 140편 정도를 썼다 한다. 그러나 그리스어가 국제어가 되었던 당시에 쓰인 것으로 꾸밈과 저속함이 엿보인다고 평가된다. 2세기 말 경에 나왔다고 추정되고 있다. 서기 400년 경에는 로마인 아비아누스가 라틴어 운문으로 42편의 우화를 썼다. 바브리우스를 원전으로 해서 가필한 것으로 질은 낮으나 많이 보급되었던 것으로 추측된다. 15세기 이후 패드루스와 아비아누스의 운문을 산문으로 고친 판본이 나와 많이 읽혀진 것 같으며 프랑스어 우화본은 10세기에 선보인 후 계속 나와 17세기에 와 라 퐁텐의 걸작에서 그 절정을 보여주었다.

위에 적은 운문판 이외에도 작자와 제작 연대가 불명인 그리스 산문으로 된 우화집이 많이 있다. 근래에 와서 몇몇 유수한 연구본이 나왔는데 그 가운데서 가장 유명한 것이 프랑스의 석학 에밀 샹브리가 엮은 『이솝 우화집』이다. 1929년에 나온 이 책은 이솝이 살아 있었다고 추정되는 기원전 6세기 이전과 이후, 그리고 작자가 분명히 밝혀진 것을 제외하고 이솝의 것이라고 추정되는 우화 358편을 묶은 것으로 가장 신빙할 만한 판본으로 평가되고 있다.

샹브리의 책을 포함해 몇몇 연구본을 기초로 해서 이루어진 핸드포드(S. A. Handford) 번역의 펭귄 판을 옮긴 것이 이 책이다. 제목에서 지문에 이르기까지 펭귄 판본을 충실하게 따랐다. 우화의 역사도 그의 글에 많이 의존했다. 끄트머리에 달려 있는 해설 비슷한 '교훈'은 이솝 시대 이후에 후세 사람들이 붙인 것이다. 그 시기에 대해서도 의견이 구구하다. 그러나 극소수이지만 기독교의 '교훈'임이 분명한 것도 있다. 일반 독자로서는 해설처럼 붙은 '교훈'이 때로는 엉뚱한 해석처럼 여겨지는 경우도 있다는 사실을 인식하는 일이 중요하다. 또 '교훈'이 없는 경우도 있고 앞에 달려 있는 경우도 있다.

번역은 존대말로 하였다. 『이솝 우화집』에는 어린이를

위한 것이라기보다도 어른들을 위한 것이라고 생각되는 대
목이 많다. 그러나 처음엔 구두로 들려주었을 것이라는 우
화의 성질상 그 적합성을 고려하여 경어체로 일관하였다.

되풀이하지만 재미있는 얘기는 영원한 즐거움이다. 이
책이 어른에게나 어린이에게나 새로운 재미를 발견하는 계
기가 되었으면 한다.

유종호

세계문학전집 **74**

이솝 우화집

1판 1쇄 펴냄 2003년 4월 15일
1판 46쇄 펴냄 2022년 12월 9일

지은이 이솝
옮긴이 유종호
발행인 박근섭, 박상준
펴낸곳 ㈜민음사

출판등록 1966. 5. 19. (제 16-490호)
서울특별시 강남구 도산대로1길 62(신사동) 강남출판문화센터 5층 (우편번호 06027)
대표전화 02-515-2000 팩시밀리 02-515-2007
www.minumsa.com

ISBN 978-89-374-6074-6 04800
ISBN 978-89-374-6000-5 (세트)

* 잘못 만들어진 책은 구입처에서 교환해 드립니다.

세계문학전집 목록

세계문학전집은 계속 간행됩니다.